U0910798

# 禁止绝望

〔日〕松山洋 著
陈恬 译

南海出版公司

六　开发者是商品最后的堡垒。**要执着。**

七　不要蛮干。要有**胜算与战略。**

八　**努力**是可以胜过天才的。

九　游戏开发重在**信息交流。**

十　不要迷信这十则。**要保持怀疑。**

**时刻记住提升自我、忍耐、努力、毅力、信念、必胜。**

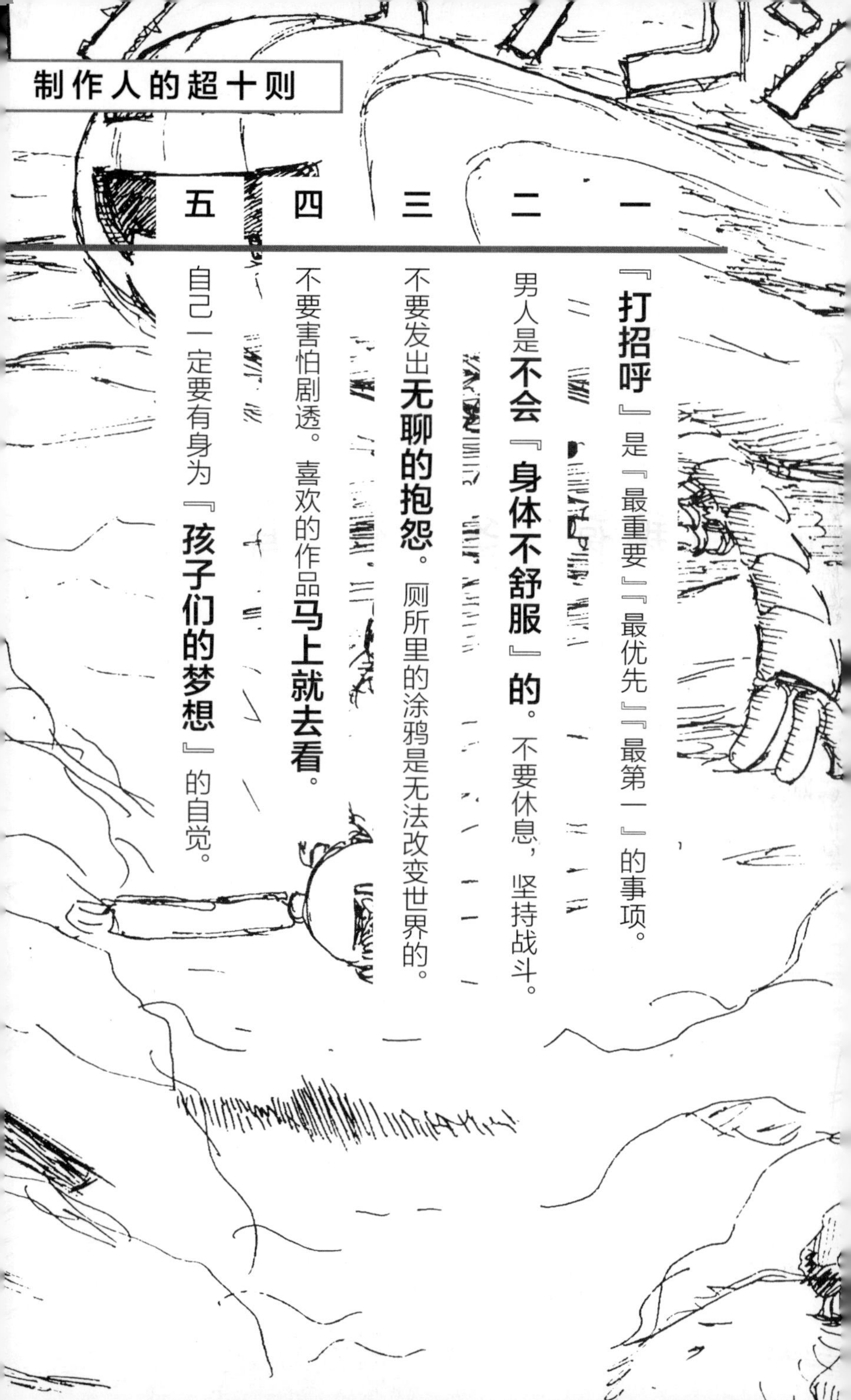

## 制作人的超十则

一 『**打招呼**』是『最重要』『最优先』『最第一』的事项。

二 男人是**不会**『**身体不舒服**』**的**。不要休息，坚持战斗。

三 不要发出**无聊的抱怨**。厕所里的涂鸦是无法改变世界的。

四 不要害怕剧透。喜欢的作品**马上就去看**。

五 自己一定要有身为『**孩子们的梦想**』的自觉。

前言

## 第1部 把一切献给娱乐

## 第 2 部　想追上就别休息，还不行就别睡觉



## 第 3 部　与烂游戏方程式的战斗

## 第 4 部 “朝令夕改”！尽管来吧



## 后记

## 推荐的作品

■当然のコトながらベル
しかも「蒼炎状態」要する
炎の化身=鬼神のようなサ
「バチチチチッバチッ」っと
はずしたいのです。

2003/3/18/

# 前言

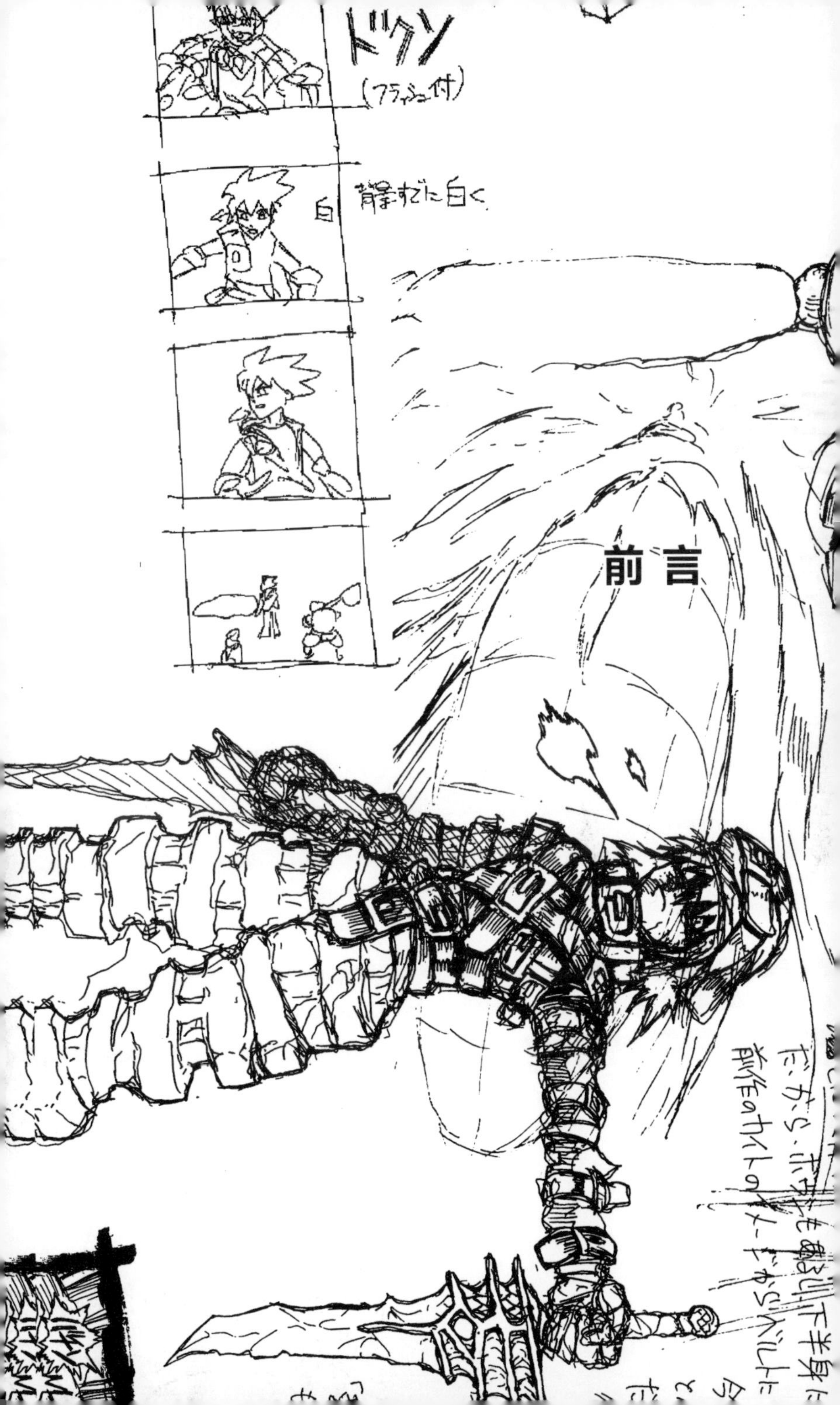

## “如何成为一位游戏制作者？”

很多人问过我这个问题，虽然其中有一部分是游戏行业以外的人，但更多的是游戏制作学校（专科院校）的学生或大学生。我每年要在大约三千到四千人面前演讲（包括我们自己的公司介绍会），同时有很多交流的机会，而每次都会被问到的问题果然还是这个。

我所经营的 CyberConnect2，在“从公司成立算起，能坚持十年的概率不足百分之一”的游戏业界，已经迎来了诞生的第二十年。我们公司负责制作的《火影忍者》系列风靡全世界，还有《JOJO 的奇妙冒险：全明星大乱斗》《.hack//》系列等作品，都是让我们自豪的人气之作。

目前《火影忍者》和《JOJO的奇妙冒险》系列的新作也正在开发。

CyberConnect2的游戏制作过程中，有一个被称作“社长检查”的环节。在几个核心项目上，我都会直接跟进。如果没有经过这项多维度的严密检查，项目组成员是不能对外发布游戏的。反过来说，确保游戏质量这一重担，由作为社长的我来承担。

我是否有足够的才能来担起如此重任呢？

是不是要把开发人员逼得大吼大叫，才能想出特别的创意呢？

被称作天才，很早就崭露头角，是否就能前途无量呢？

以上的问题，答案都是否定的。

我的电脑水平非常低。

也不了解游戏行业的历史和知识。

当然，更没有专业学习过“如何开发游戏”。

我没有任何资格证书，也没有强大的人脉和后盾。

没错，我什么都没有。倒不如说，我觉得自己的前期准备实在是太不充分了。

那么，我有什么呢？

“如何成为一位游戏制作者？”对于这个问题，我的答案一直是——**“很简单，只要下定决心去‘成为’就好了，仅此而已”**。

大家听到我这么回答，满脸都写着疑惑，好像在说：“……这么直接，一点参考价值都没有啊！”

于是我继续说道：

**“不过，必须要有‘奉献一切的觉悟’！”**

明白吗？是“一切”。既然有成为游戏制作者的目标，那么就必须有相应的付出。大部分人无法做到这一点，所以反过来说，只要做到这一点就可以了。奉献一切，一心只想着这一点生活下去，自然而然地就能了解这一行所需要的最基础的技术（skill），以及所有为了实现目标必需的知识和前期准备。说自己看不见、不明白的人，就是还没有奉献——奉献“一切”。请不要想别的，只考虑这一点，把这件事作为自己生存下去的目的。

准备好所有的硬件吧。热门游戏在发售日那一天就买回来，当天就开始玩吧。

不管是智能手机游戏还是主机游戏，先把所有的热门游戏都玩一遍，思考“为什么会这么好玩（或者为什么这么无聊）”，然后用语言表达出来。

喜欢的漫画在发售当天就买来，马上读完，不要等单行本发售再买，我说的是连载杂志。

感兴趣的电影在首映当天就去观看。

动画也要每周都看，别录下来堆积着。

所谓“奉献一切”，指的就是这些。

大多数以进入这个行业为目标的人，肯定从小时候起就被“否定”，被许多大人否定。我自己其实也是如此。小时候有很多大人问我：“这些漫画和动画你要看到几岁才罢休？什么时候才能脱离这种幼稚的兴趣？周围的小孩肯定都不看了，你什么时候才能像他们一样？”青少年时期的我一直被这么说，结果到现在还是没有脱离其中。

总有人说“这一行里，只有有才能的专业人士才可以说得上话”。确实，有些人真的有才能，但那只是少数。在这个世界上生存的大多数人既不是天才，也没什么才能，他们有的只是“喜欢”。我也是如此。我只靠着“喜欢”，在这里一直工作到今天。因为喜欢，面对艰辛和痛苦的时候才能不退缩，能够坚持下来仅仅是因为“喜欢”。或许这社会上可以尽情做自己喜欢的工作的人并不多。不过，只要把喜欢的事当成工作，就不会觉得辛苦了。因为“喜欢”啊！还有什么比这更幸福的事呢？

**如果世界上真的存在才能这种东西的话，那一定是一直坚持喜欢某件事的才能。**不管被多少大人如何否定，都能继续喜欢下去。如果对自己喜欢的事能做到不放弃，这些人就可以说是有才能的。请看看你的周围，许多以前的同学是不是当时就放弃了漫画、动画或游戏，把注意力放到了别的事情上？比如体育运动、学习和升学、与异性的交往等等。而你自己呢？以前是不是也有一些让你放弃、远离喜欢的事情或事物的机会？为什么你那时没有放弃？难道不是因为“喜欢”吗？

谁都不需要强迫自己做不想做或做不到的事情。**只要把任何人都能做到，但没有人想做的事情做好就可以了**。很简单吧？

“只要喜欢，就能实现。如果不喜欢，就实现不了。仅此而已。实现不了目标，只是因为你不喜欢。你的喜欢是可以献出自己的一切的那种喜欢吗？如果是的话，就可以了！”

从某种层面上说，这听起来可能有点极端，我至今遇到的多数学生或普通人，是“没那么喜欢”的，只是觉得自己“很喜欢”而已。所以他们无法实现理想。因此，对大家“如何成为游戏制作者”这个问题，我是这么回答的：

**“你真的‘喜欢’吗？”**

这本书不是商务知识书。

也不是游戏行业的入门指导书，更不是娱乐业的说明类书籍。

“游戏行业是什么样的？娱乐到底是什么？要怎么赚钱？如何才能进入这一行？为了进入这一行，我需要什么技能？”

或许有些读者是怀着这些问题拿起这本书的，确实，本书中也有这些问题的“答案”。

我自己的经历就是一个实例，也是一种正确答案。

不过，或许我的方法并不适合每个人去实践，或用来实现目标。

我接下来讲述的自己的经历、CyberConnect2 公司里发生的事情，或许对有的人来说是非常违反常理的，或者说不平常的。

不过，那些事情其实既普通又理所当然，在我们游戏从业者的世界里是“常识”。

要善于应对“不普通的事情”，将其变为“普通的事情”。

不然，怎么能做出这么棒的工作呢？

CyberConnect2 是福冈的一家小公司，今年正好是它进入游戏业的第二十个年头。

我，松山洋，既不是天才也不是什么特别的人。

那么，我做了什么，又要怎么做，才能渡过这片

“创作之海”？

那脱离常识的、有趣的、奇特的、无情的、复杂的、简单又“普通”的每一天，就从这里开始，按照顺序简单易懂地为大家一一道来。

好了，开幕的铃声响起来了！

# 把一切献给娱乐

## 第1部

## “别剧透”只是个借口

我在本书开头说的“奉献一切”是什么意思呢？我以自己经营的 CyberConnect2 为例，来具体解释一下。这家公司有着推动员工们“奉献一切”的氛围、制度和设备。

**让我从具有代表性的事例说起。**

在我们公司里，“剧透”这个词是禁用词。

可以理解我的意思吗？并非禁止“剧透”这种行为，“喂喂，这部作品我还没看呢，别提前告诉我内容啊。别‘剧透’！”这样的发言才是被禁止的。

更加简单易懂地解释的话，就是请尽情“剧透”吧。

虽然身边还没看过作品的人可能会反感，**但这要怪他们没有及时看**。我遇到过许多人，有的是同行，有的是业界相关人员，有的是以进入这个行业为目标的年轻人。虽然每个人各不相同，但共同点是他们都热爱娱乐。不过，“热爱”也是分层次的。

“我非常喜欢看漫画，啊，不过我不看 JUMP。我是‘单行本党’，一直是等单行本出了再看的。”

“最近好忙，总是找不到时间去电影院。前不久终于用 DVD 看了那部电影。”

“那部动画我还没看，不过全部都录下来存在硬盘里了。”

这些行为我都很“讨厌”——我如此告诉员工。

“我很讨厌‘单行本党’。我都是迫不及待地等待着每个周一的到来。每周的 JUMP 是我生活中特别的期待，JUMP 的编辑部成员们也在拼命做好这本杂志。他们努力做到按时发售，希望读者每周都能看到《周刊少年JUMP》。单行本大概每三四个月才会出一本，连载积攒了一定话数之后才会出单行本。我连一周都等不了，就迫不及待想看到下一话内容了，那种等三个月才看的喜欢，不能叫喜欢吧？为什么我们要为了那些不那么喜欢的人，照顾他们的心情，配合他们讲话呢？剧透有什么关系？反正他们也没那么喜欢。”

“知道电影是怎么拍出来的吗？知道电影工作者有多在意首映日和首周的票房成绩吗？你知道吧？对于喜欢的作品，就应该首映当天去看，去支持才对啊！你不是喜欢吗？既然喜欢就会去支持吧？很忙？没时间去电影院？嗯，我也很忙。但只要有喜欢的作品上映，我就会千方百计调整时间去看，因为我喜欢。即便是夜场电影也可以下班后去看，不是吗？**如果不能为作品调整时间，这种程度的喜欢也不是真正的喜欢吧？**”

“为什么不看动画？不喜欢吗？不会在意每周的更新吗？我虽然也很少有时间按时看深夜动画首播，但只要是喜欢的作品，第二天我肯定会看得津津有味。一话才不到三十分钟。你能想象到动画制作公司的人为了赶上每周的播出，是如何苦战的吧？难道不该对他们表示敬意吗？既然你不在意，那就算不上喜欢了。”

虽然听起来有点咄咄逼人，但我确实是这么对员工说的。

当然，我自己有时因为去国外出差，没办法按时读到当周的JUMP，也确实有无论如何都赶不上电影首映的时候。这时我会接受员工给我“剧透”，完全不会在意，我觉得这样就很好。

再说句题外话，有个统计结果显示，“人们不会因为被剧透而对作品失去兴趣，反而因为剧透使信息得到传播，成了更多人知道这部作品的契机”。

虽然不能全盘接受这个统计结论，不过从我的经验看，人们确实有“知道了某些（值得被剧透的）重要信息之后，想去看那部作品”的倾向。

当然，不是所有人的想法都和我一样（那是必然的）。

我不希望把自己的公司变成为了照顾周围的气氛，一群看过作品的人只能聚在一起偷偷摸摸讨论的模样，而是想让公司拥有因为能经常听到最新的信息或关于作品的话题而充满活力的工作环境，这是我的愿望。

“因为这里聚集了一群充满热爱的人，有着充满创造力的工作环境，也是创造作品的最前线。”（这句话我在《给我重读〈漫画王J〉！》中也提到过。）所以，我对待这件事的立场很明确。“剧透也没关系！要怪就怪他们自己没有及时看！”

## “已经不像以前那样玩很多游戏了”，说这句话的游戏制作者真是太不像样了！

**“最近都没怎么买游戏，也不像以前那样玩很多游戏了**。在上学那会儿可是发疯似的玩游戏呢。”我第一次听到同行说出这种话的时候，简直惊呆了。

“他说这句话到底想表达什么？想说最近的游戏业界很无趣吗？”我不禁觉得，“既然你对这一行这么绝望，那干脆别干了，就这么离开吧”。直到现在，我都是这么认为的。

当然，他们可能并不是那么想的，只是随便感叹一下。说实话，我现在还不时能听到这种发言。

不过，有些话是绝对不能说出来的。

我们是游戏制作者，我们的工作是把梦想变成现实。我们自己必须是最对这个行业充满梦想的人。如果不是的话，那就应该离开，不能再留在这一行了。

说出那种话的人可能是随意脱口而出，有点装模作样，觉得自己站在行业的上层。

但这是绝对不能说出口的，不能把装模作样用在错误的场合。

我们是孩子们的梦想，是梦想的代表。

我在和员工们谈话的时候是这么说的：

“听好了，绝对不能弄错。你们是孩子们的梦想，做的是他们憧憬的职业。工作中难免会吃很多苦，也会有心情不好的时候，但是绝对不可以绝望。对待工作也好，对待行业也好，就算吃再多苦，也要有梦想。要想象自己有辉煌的成功和未来，并以此为精神支柱前进下去。要对当前的业界充满希望，如果没有梦想的话，还不如不做这份工作，也不该待在这一行里。这是拥有梦想的人们聚集的地方，是追逐着梦想的人们聚集的地方。**听好了，绝对不能弄错，不可以绝望，禁止绝望！**”

那么，每天需要玩多少游戏才可以呢？

不，问题并不在这里。

或许连续好几个月，都没有自己想玩的游戏发售。

即便这是事实，也不能无脑地说出“今年到现在我连一个游戏都没买，最近完全没有想玩的游戏”这种话。

不仅对于游戏，所有的娱乐业都是共通的。

这是没脑子、不负责任、缺乏兴趣，而且对业界有害的发言。

在性质上，甚至比没有自觉更恶劣。

我不想成为这种人，也不想和这种人共事。我衷心希望各位能成为有自觉的创作者。

## 漫画五千本！DVD 和 BD 光碟五千张！随便看！

CyberConnect2 有个被称作“公司图书馆”的作品库，员工可以在这里借阅漫画和影像作品。

漫画有五千本左右，有的是我带头、员工们捐赠的漫画，也有其他公司的友情捐赠。这些全部由“图书馆委员会”（员工志愿组织）进行管理，按照出版社或作家分类存放。

影像作品则是 DVD 和 BD 光碟，这些总共也有五千张左右。同样由“图书馆委员会”管理，并以制作公司为单位分门别类存放。有“高达”系列，也有特摄作品“假面骑士”“超级战队”“奥特曼”系列等，还有好莱坞电影和海外电视剧。我基本上是以“至少得把这些看了”的价值标准来选择的，大概网罗了各个领域的作品。

福冈本社和东京工作室存放了相同的漫画和影像作品，全部加起来大约有一万本漫画和一万张光碟。

员工可以自由借阅这些作品，无论什么时间都可以借，也没有强制的归还时间。不过为了管理作品库，“图书馆委员会”会每年几次通知大家把借走的书或光碟还回来，在同一个时间上交。

每年，“图书馆委员会”会根据预算，向员工发出问卷调查，再按照调查结果购入几百本漫画、几百张光碟，丰富库存。

目前 CyberConnect2 的员工平均年龄超过二十五岁，大约在二十九岁。实际上二百多名员工里面，基本都是二十和三十多岁的人。超过四十岁的，包括我约有十位。年龄相差二十岁的话，平时看的作品也有差别。

有的人玩的第一部游戏是《最终幻想10》。

有的人看的第一部高达系列是《机动战士高达SEED》。

当然，年龄差得这么多，看的作品有差别也正常。不过我想尽量消除这种“代沟”。我觉得光靠个人的努力很难，要创造一个可以让大家看到以前作品的环境。

基于这种考量，“公司图书馆”便诞生了。

其实在我决定办这个“公司图书馆”之前，发生过一件事，是在十多年前了。当时我们正在开某个项目的影像演出沟通会，我当时说：“主要是要做出‘delta end’的效果。”本来以为自己把想法简单易懂地传达给了大家，结果年轻的员工们完全不知道我在说什么。

“嗯？什么？没懂吗？就是那个，《银翼超人》的‘delta end’啊！”我连作品名都说出来了，他们还是没明白。

“哎？不是吧？你们不知道《银翼超人》吗？为什么？都出动画了不是？”

但他们依然不知道我在说什么，我说：“这可是桂正和的代表作啊！你们居然没看过？！那可是《银翼超人》啊！！”这时终于有人说了一句：“哦哦，是画《电影少女》的那个人吗？”

“哎呀，是《银翼超人》的桂正和啦！为什么知道《电影少女》而不知道《银翼超人》呢？我把单行本借你看！《银翼超人》！然后至少弄懂‘delta end’的意思吧！”

这段对话是真实存在过的，直到现在跟人说起这段往事的时候，听众还是会说：“哎呀，松山先生，大家不知道《银翼超人》的‘delta end’很正常啦。”（笑）哎哎哎？是这样吗？我还以为《银翼超人》的“delta end”大家都知道。各位读者，你们觉得呢？

## 开发天国“福冈本社”与战略据点“东京工作室”！

目前福冈本社的员工大约有一百九十名，东京工作室的员工大约有四十名。CyberConnect2 设立时就把总部设在福冈，东京工作室是二〇一〇年开设的，我先来介绍一下这两个地方的职责和基本战略。

我经常听许多人说“最近福冈的游戏业真是热火朝天啊”，每次我都会回答“是因为有人在努力让游戏业界变得热火朝天起来”。

没错，从 CyberConnect2 成立的时候开始，我们的战略据点就决定设在福冈，这是基于牢固的信念做出的判断。距今约二十年前，我们在成立公司前做了很多调查，主要是为了解决“为什么游戏公司都集中在关东和关西”之类的疑惑。不过，这个问题并没有明确的答案。当然，游戏厂商，也就是发行商要和各种公司开展业务往来，而广告代理商和电视台也基本集中在关东和关西，因此从营业和宣传的角度来讲，在关东和关西开公司确实比较有利，这可以理解。不过，制作游戏的团队并不直接和广告代理商或电视台打交道。游戏制作公司一般只需要和游戏开发（发行公司）沟通需求，然后制作游戏就可以。既然如此，为什么许多制作公司也集中在关东和关西呢？我觉得这一点是“有机可乘”的。

“如果拥有与其他公司不同的战略，就可以将这一点变成自己的特色，并进一步变为武器。”我是这么想的。

因为我是土生土长的福冈人，因此更了解福冈的优势。主要可以列举以下几点：

①房租便宜，物价低

这是千真万确的，在这点上，福冈明显和其他城市有差别。即使是现在，我的单身员工大多数每个月也只需要付五到六万日元的房租。停车场的费用每个月只需要五千日元。除了土地使用费，吃的东西也很便宜。夜店（酒吧或居酒屋）和东京相比也便宜很多。

②上下班时间短

住在东京的人要去市中心上班，路上花一个或一个半小时都是正常的，而我的员工基本是步行或骑自行车上班。就算住得比较远的人，花二三十分钟也能到公司了。一天上下班时间加起来，和东京相比可以节省两个小时以上。这些时间可以用来看电影、看动画、玩游戏，或者去哪里玩（当然也可以在公司工作），比花在上下班路上更有意义。

③创造性的人才很多

福冈、九州地区一直人才辈出，从音乐家、演员、搞笑艺人，到动画制作人、漫画家等各种领域的创作者都有不少。因此我认为这是一块对发掘和培养年轻人才非常有利的土地。

④机场就在市内

福冈机场就在市内，这在日本全国也是罕见的。因此去机场很方便，不用花多长时间就可以坐上飞机，这种便利是实实在在的。有时要去东京开会，出行时间缩短了不少。

⑤与中国和韩国距离近

现在游戏的美术素材外包给国外公司的机会明显增多，我们公司也把很多美术方面的工作外包给中国或韩国的公司。

当然，因为工作外包出去，有时需要直接到对方公司讨论需求，这种时候只要坐一个半小时的飞机就到了，和从福冈去东京是一样的感觉，因此可以与国外进行密切的合作。

为了把这些优点凸显出来，我组建了一个被称作“GFF”（Game Factory Friendship）的民间团体，和福冈市、福冈县、九州经济产业局这类行政机构，还有以九州大学为中心的当地学校合作。这种“产学官结合”[①]的活动，已经持续了超过十年时间。

通过这些行动和宣传的慢慢渗透，近十年间，福冈、九州地区的游戏相关企业增加了三倍以上。

因此，并非游戏行业自然而然地热火朝天起来，而是我们通过明确的意志和战略，为了创造更好的工作环境，努力让福冈和九州地区的游戏行业变得热火朝天。顺带说明一下，东京工作室和福冈本社并非负责不同的项目，每次都是一起开发同一款游戏。因此，每天我们都会用视频会议的方式让两边的同事进行交流。

这是为了让同事之间“不分彼此”，人与人之间只要有了距离，就会产生沟通问题。我们工作的基本性质是全球性的，需要与全世界的合作伙伴分工协作。如果连日本内部的沟通都无法保证顺畅的话，就更不用说和其他合作伙伴的沟通了。因此在开发同一个项目的时候，必须时常与同事保持沟通。沟通在我们公司是一件理所当然的事。

---

① 日本政府主导的创新型模式。“产”指产业界，“学”指学术界，“官”指政府，三者通力合作，成为日本战后经济起飞的重要经验。

东京工作室的另一个战略是与外部保持联络。

事实上，东京存在着许多游戏关联企业。我们也积极地与这些企业开展交流会，大概一年会有十次左右，既有同类企业间的交流会，也会与开展不同业务的企业交流。因此，福冈本社的同事可以通过视频会议系统，参加东京工作室开展的交流会。东京是负责收集信息的战略据点，并将信息反馈给福冈。

## 开发人员聚在同一层楼！每周一必开全体早会！

原本公司的所有人员都集中在同一层楼，因为一开始人数比较少，大家都在同一个房间里进行开发工作。不过从二〇〇二年《火影忍者》团队建立，变成两个项目同时进行的工作状态开始，公司增加了一层，然后发生了不可思议的事情。

不同楼层的团队变得完全没有交流了。

之后公司不断扩大，在二〇〇六年的时候增加到八十人左右，分成了四层。到了这个阶段，就算我如何催促员工“要和其他楼层（团队）保持交流”都没用了，公司内部产生了彻底的交流障碍。

怎么回事？大概是性格原因，我这个人不管公司有几层楼，都会经常到每层楼走动。但问起员工们为什么不去其他楼层走走时，他们说：“也没什么要紧事。”

“就算没事也去走走啊！可能会有什么发现，不是吗？”听到我这么说，他们回答：“可是没事的话，就不太好意思到处去搭话。”结果还是待在自己所在的楼层不动。直到我生起气来，对他们喊“给我去”的时候，员工们才会不情不愿地挪动脚步。这样是不会产生什么好的交流的，毕竟是被强迫的。

我想“这样下去可就糟糕了”，于是在二〇〇七年把公司搬到了现在这个地方。

当时要找一栋一层三百坪[①]的大楼真的很难。高楼大厦比较少，这是福冈的弱点之一。因为机场建在市内，出于飞机起降的原因，限制了高楼的数量。

搬家后所有的项目都在同一层楼进行，站在任何一

① 坪，日本面积单位，1 坪约为 3.3 平方米。

个地方都可以把所有项目组的成员尽收眼底。大家在走动的时候会经过其他项目组，看到他们在开发的东西，所以也改善了交流状态。

“搬了家真是太好了，我不是在找借口，因为搬家真的花了很多钱……”

另外，在公司建立初期就有一个惯例，是每周一早上的全体例会。

每周一早上九点到十点的这一小时，是全体员工聚在一起开例会的时间，东京工作室也以视频会议的方式加入其中。

全体例会有以下环节：

①所有项目的进展汇报

首先是各项目组的负责人按顺序汇报上周的业绩和这周的工作计划。不管是《火影忍者》还是《JOJO 的奇妙冒险》，以及手机 APP 的开发团队都会进行汇报，所以员工们可以把握所有项目的进展情况。

②告知我的本周安排

我会告诉大家，本周我有哪几天在福冈，哪几天在东京。在有活动或采访安排的时候，告诉员工活动的主题或我将与谁一同出演等内容。有海外出差安排的时候也是如此，在出发前和回国后都会和员工分享经历（当然，有一些敏感话题不适合在公共场合说，我会提前和员工们说明自己只分享可以说的内容）。

③业务联络

由参加过培训的员工进行简单的报告总结，或由参加某项活动的员工进行分享。还有面向全体员工的研修和公司内部讲座的通知安排。

④人事报告

早会上还有新员工寒暄环节，虽然这是员工加入公司的时候才会进行的活动，不过公司基本上每个月都有新员工入职。首先是所属部门介绍新员工（包含应届生和社招员工），之后新员工本人进行自我介绍、发表入职宣言等。兼职员工和实习生的介绍也在这个环节进行。

⑤其他事项

比如员工结婚、生育的报备等。或者其他想对全体同事公开的事情。

⑥推荐作品环节

每周“图书馆委员会”会推荐一部值得大家观看的

影像作品，介绍作品看点等。

⑦今日的分享人（Q&A）环节

每周会指定一个主题和一位员工，面对全体员工进行三分钟左右的演讲。本周的演讲者可以指定下一周的演讲者，并提出问题（这个环节一开始是由某个员工提议的，为了锻炼员工在面对大众时的演讲能力。随着时间的推移，这个环节的内容不断演变，直到成为现在这种形式）。

当然，演讲直到现在都是以每周一次的频率进行，也有员工提出疑问："是否有必要每周都进行这个环节？周一的早会只有一小时，这样不会很浪费时间吗？"但这是公司成立以来的传统，所以是很重要的。

我是这么和员工说的："我们之所以有能力和其他规模更大的开发公司竞争，是因为我们前进的步伐轻快，因此大家共享信息是最重要的。有些公司的员工在入职之后，完全没有和同期同事聚会的机会。像我们这种规模的公司，每周必须（就算是通过视频的方式）要让所有员工面对面交流。"

## 夸张地表扬！夸张地训斥！

我们公司有个“社长检查”的工作环节。

当然，公司里的全部事情最终都要由我来下决断，并由我负起责任。

这在游戏制作中也是一样的。经常有人问我：“松山先生，你会跟进一个项目（比如游戏制作）到什么程度？”为了培养员工，比起以前，现在我会特意避免在制作过程中事无巨细地提意见。即使如此，我还是负责对一些事项进行决断。

①企划概念

也就是项目最初的概念，即关于这部作品的存在意义，或是企划意图。如果没有胜算的话，这个项目是不会开展的，这点我必定会做出判断。

②基本系统

也就是游戏的基本系统，这会决定一款游戏的门槛高低和难易程度。我们需要在创新玩法和常规玩法中找到一个平衡。

③角色及世界观

我们要考虑方方面面，既让主要登场人物（主角）和描述作品整个世界的世界观显得新颖，又不至于太脱离玩家熟悉的常规设定。

④剧本

虽然这仅限于剧本已经写出来的情况，不过一般情况下都会有先完成的部分剧本，所以每次都一定要检查到剧本的最终定稿。

⑤ BOSS 战

因为这是游戏中最让人激动的部分，所以我会检查这段战斗的特别感和衔接技能的应用性，还有玩家理解战斗机制方面的难易程度。

⑥画面表现

这是指专门的必杀技的表现（既不能太长，也不能太短）。需要检查特写镜头的表现（戏剧性表现），从分镜一直检查到成品，包含后期效果处理的质量等。

⑦难度

即难度高低之间的平衡，是否做到与目标匹配。

“结果就是检查了全部东西吧！”或许会有人这么

想，不过事实并非如此。这些内容构成了一款游戏的“重大要素”。前面提到的七个部分必须由我在某个阶段进行判断，并且觉得可以过关以后，才能进行下一步的工程。这些判断工作在我们公司里被称作“社长检查”。反过来说，除了这些以外的细节，我都是交给员工自己去判断的。

“社长检查”的频率根据具体项目而定，高峰时期的话每周有三天检查，一天也会分成早上、下午、傍晚（或者晚上）检查三次。社长检查直接在开发办公室进行，检查时，每个部分的项目组负责人和导演都会聚在一起听我说、记笔记，或直接向我确认细节。前面提到，我们公司所有人员都在同一层楼，因此开发办公室的人都能听到社长检查时的对话。我的检查一般针对的是做不到的事情，所以员工在这种时候经常会被我训斥。

大家不要误会，我并不是因为员工“做不到某些事”骂他们，而通常是在这些情况下发火：

①担任制作工作的人，不明确自己到底想做什么。

②在相关部署和沟通交流中，没有确认该确认

的细节。

③没有目的意识。

④把握不好进度。

⑤保证质量的意识低下。

⑥没有接触或研究同种类或有着相同部分的游戏。

或许大家会觉得意外，在不断重复的检查过程中，我训斥员工的原因肯定是上面中的一项。我的员工都是非常优秀的，但并非万能，因此总会有在某方面有所欠缺的时候。这时我就要狠心地（然后像恶鬼一样）训斥他们。

员工们（项目组长或导演）隔段时间就会来抱怨，“社长检查的时候真是太严格了，希望能训斥得轻一点”。

当然，即便我再怎么检查或指导，如果把人打击到无法振作的话，就本末倒置了，因此我也会把握好度。

不过，对于一款游戏来说，开发公司是最后的堡垒，而在开发公司中，我认为项目领导是“最后的堡垒中的堡垒”。

所以如果不严格检查的话，在我妥协的那一刻，开发就“结束”了（在这一点上一直让我进退两难）。为了不产生歧义，直白点说就是“照顾员工的心情，轻易点头”很简单，因为只要说“OK”就好了。在这个瞬间，这一部分就结束了。不，应该说是“完成”了。没错，“在我们妥协并放弃的那一刻，工作就完成和结束了”。当然，我也会根据项目所剩的时间和总工时综合考虑之后再下判断，所以我认为考虑每款游戏的实际情况去判断，应该是最先决的条件。

更不用说我也是公司的一员，他们是我认同的优秀员工，所以我会带着敬意去训斥他们。

正因如此，我才会声音大到让其他组的员工也能听到。因为在一个组接受检查的时候，我希望其他组的成员也能“学习学习”。一个组接受指导的内容通常在其他组也会有，如果是某个组特有的问题，或者涉及个人的问题，我就会将责任人叫到我的个人办公室里单独谈。

另一方面，在表扬员工的时候，我也会用让所有人都能听到的声音说出来。“就像唱歌剧那样大声地”表扬。

**“哇，不是吧！你做的这个真的太厉害了！真亏你能**

**想到这个答案！我很期待成品！你们看，这个简直太棒了！”**

在检查进行到一半时，我有时也会对员工说：“嗯，可以了，我知道了，不需要一项一项看了，接下来就全部交给你判断。你觉得该怎么做，就怎么去完成。已经不需要我来检查了，你是对的。”在被问到“这是谁负责”的时候，我会到负责人身边大声说：**“就是这位天才！非常完美！”**这种时候一般开发办公室的人都能听到，在我离开的时候，其他人就会聚集到那个负责人身边，对他说“你刚才被社长夸奖的部分给我看看”之类。

不过训斥和表扬实在是很难平衡，我到现在还是会一边烦恼，一边训斥或表扬员工。

## “厕所的涂鸦”是无法改变世界的！

以前和现在相比，特别是公司成立十年左右的时候，我们的社会发生了巨大的变化。我觉得最大的变化就是网络的普及（当然也有其他方面的变化），使我们进入了一个个人信息非常容易公开的时代。不管是谁都可以成为信息源（发信者），以推特和 Facebook 为代表的社交网络带来了很多便捷之处。

奇怪的是，游戏行业的人也大多在使用这两种社交工具，当然也有人说“推特和 Facebook 我都没用”，不过这种人很罕见。明明我们的工作中包含着很多需要保密的信息，但不知为何，大家都在使用社交工具。我也不例外，我也在使用推特和 Facebook。很多人应该像我一样，把发状态当成了“粉丝福利”的一部分，单纯地预告游戏，或者将平时的所见所感发出来。有时也会发午饭或晚饭的照片，或者聚餐的照片。我自己大多会发这些东西，不过比较特殊的是，我每周都会在福冈和东京之间来回跑，所以有时会发“现在准备上飞机啦，会在东京待到这周末”之类的“出差日记”。意外的是，大家看到推特后有时会联系我，比如“松山先生，你要在东京待到这周末对吧？有个聚餐你有空来参加吗”之类。

在 CyberConnect2，这些社交网络账号会统一由公司管理，宣发人员的一项正式工作就是用这些账号发言

(除正式宣发人员以外，其他人基本上是禁止在社交网络上发言的)。

一提起“作为分内工作”这种说法，大家会不会觉得“哇，连这个也要管，那我还真是不想干了”，是吧？我都料想到了。有这种想法也无妨。

我对员工是这么说的：

“如今确实是一个方便的时代，一个谁都能轻易发布信息的时代。当然，公司里肯定有人拥有个人社交账号，使用社交网络。但是，在我们公司还是别做这些事了。好好负起责任，无论对社会，还是对客户。大家在工作中肯定会有烦心和火大的时候，这时就想抱怨一两句，对吧？我理解，但是我们不要这样。如果对公司内部或业界有什么想说的，先拿出来大家商量一下、讨论一下，以解决问题为目标。什么？没那么夸张？既然不是那么严重的事，那就不要在推特上发了。什么？你说自己以前就有个人账号，没见过哪家公司还会管这个？嗯，确实没道理管理私人账号，但是进了我们公司，还是让我们管理一下吧。人总是没那么坚强，绝对有忍不住想抱怨、想发推特的时候，对吧？到了这种时候，或是到了已经发出来的时候，就太迟了。我们做的工作中有着庞大的‘机密情报’，所以必须管理个人账号。

“还有一点，就像我平时一直强调的，我们是游戏制作者，是孩子们的‘梦想’。无论使用个人账号，还是在别的场合，都绝对不能针对工作或业界说出批评和抱怨的话。要是有什么想说的，说出你的意见，大家一起来讨论，一起商量。什么？还是没那么严重？只是有点不爽的时候，想稍微抱怨一下而已？不，那也不行。

“当然，有很多事情只是讨论和商量并不能得到解决，自己也处于不想跟别人商量的状态，觉得很难说出来，就想在网上发两句。嗯，这样也不行。即便只是这样，也不行。

“听好了，虽然我已经说过很多遍。我们是游戏制作者，是孩子们的‘梦想’。不管多么艰辛、多么痛苦，不能做的事情就是不能做。在不特定多数的人群会看到的社交网络，是不能发那些无聊又无意义的抱怨的。谁都没有破坏梦想的权力。

“你们难受的时候，可以随时来找我说，我们一起想办法解决问题。当然也不一定只是跟我说，你身边有很多可以商量的人。好好面对问题，一起探讨吧。

“明白吗？在不知道谁会看到你发的内容的地方，把其他无关的人卷进来，让他们被你那些阴暗、难过的心情感染，这样是不好的。要好好面对问题。”

我再说一次，不要发无聊的动态。

**因为“厕所的涂鸦”是无法改变世界的。**

我这么说，员工都可以理解。当然，也可以在此基础上付诸行动。这也算是对员工的教育吧。

# 第2部

# 想追上就别休息，还不行就别睡觉

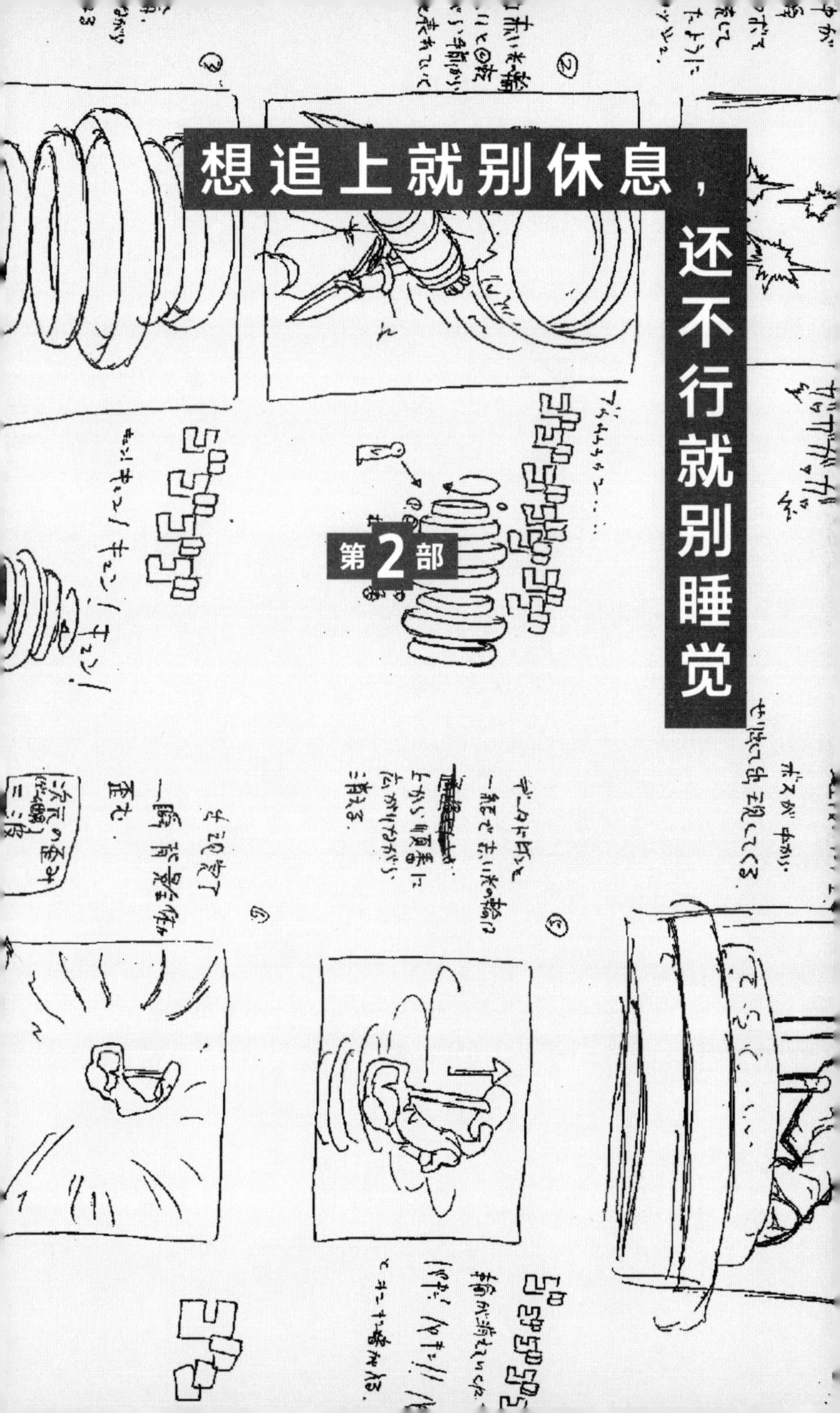

## 我们是“最喜欢工作的艺人”！

经常有各种各样的人对我说：“松山先生，你还是那么忙啊。”

最近我会在推特或其他社交网络上发布“现在要上飞机啦”或是“接下来要去法国出差，下周回国”之类的消息，大家肯定是看到这些才会这么说。

如果要明确地回答，其实我完全不觉得辛苦。没错，就是这么肯定，我可以大声地说：

**完完全全，实实在在，一点儿都不辛苦。**

工作确实不容易，总不会事事顺心。不管是技术问题，还是人为造成的麻烦，说实话工作中全是困难。但无论什么工作都是这样的。大家都不容易，任何工作都不是一帆风顺的。

我做这份工作一直到现在，说真的，一次都没有觉得“好烦啊，不想再干下去了，好难，好辛苦”等等。

我一直很快乐，每天都很快乐。虽然也有让人痛苦的事、难受的事，也有慌张的时候，但远远比不上这份工作带来的快乐。

**因为我是在做自己喜欢的事情！**

**因为这是基于自己的兴趣选择的道路。**

要苦恼制作人员和系统的事情，思考如何帅气地展现游戏画面，制作完美的 layout（构图）。要与游戏开发商的策划人和宣传负责人讨论宣传战略，与广告代理公司商讨各种前期工作，与动画公司的人、出版社的人、漫画家、歌手等各行各业的人见面、吃饭、喝酒、聊天、开玩笑。这些全都非常快乐，不是吗？以前，（我最喜欢的）堤幸彦先生在角川书店出版的《堤》这本书中，一开头就写了这样的话：

“不好意思，我每天都很快乐（抱歉），虽然大家一直对我说‘你始终在忙，都没时间休息，很辛苦吧’。”

我对此完全同意。

当然，我也知道世界上不是每个人都像我或者堤先生一样。

不过至少我是这样的。在采访中，被问到“您的兴趣爱好是什么”的时候，我会回答“是工作”。被问到“休息日会做些什么”的时候，我会回答“没有休息日，也不想要休息日，反正肯定会去公司”。被问到“要是能休息一周或两周，您想做些什么”的时候，我也会回答“还是会去公司工作”。有记者问我：“不想去南边的小岛优哉游哉地度假吗？”我的回答是：“要是那座岛上有什么和游戏相关的活动，我就去。除此之外，并不想去国外休长假。”

这些问题基本上都是海外媒体对我进行采访时会问到的，感觉对方都要被我弄哭了。（笑）估计我的答案都是对方完全不想听到的，不过我说的是心里话，是事实。

我确实每周都会往返于福冈本社和东京工作室之间，因为有些工作是必须在东京才能完成的。采访拍摄或出演电视节目、与出版社或广告代理公司商讨业务、与开发商或版权方开会等都在东京进行。近来我的生活一般是周一在福冈，周二到周五在东京，周六周日回福冈工作，下周二又去东京。一年来往福冈和东京五十次以上，也就是一年内乘坐一百次以上的飞机。

大家听到我这么说，肯定会感叹“哇，感觉好辛苦”。

等一下，等一下。

虽然我坐了很多趟飞机，可是每次才一个半小时哦，我指的是飞行时间（意外地短吧）。一个半小时对于在东京工作的人们来说，只是上班路上花的时间而已。虽然是飞行，但我不需要开飞机，只是坐在座位上，所以完全可以把这一个半小时利用起来。在飞机上可以吃饭，可以工作，可以看漫画和动画，还能睡觉。所以我觉得，飞机真的是非常舒适的交通工具。

所以，往返两地并不辛苦。

不过我这么说完，一般会听到接下来的疑问。

“但工作很辛苦，不是吗？”

“开发游戏很困难吧？”

“很累吧？”

“没有休息日吗？”

“既要当社长又要当开发人员，你的身体还真能撑到现在啊！”

对于这些问题，我的回答只有一个。

是的，全都没问题，我觉得没什么。

大家怎么了？就那么希望我说**“不行了，好累啊，快要死了，这工作干不下去了”**吗？

不过很遗憾，我并不觉得不行，也没觉得累或是快死了什么的，更是一次都没想过要放弃这项工作。

读到这里，可能很多读者都会觉得“这家伙果然脑子有问题”。

那么接下来，关于“最喜欢工作的艺人松山洋”是如何生活到现在、怎么成为“这样的人”等问题，我将按照顺序，为大家一一解答。

## 决定“不毕业”！

出生于福冈的我，在小学、初中、高中的这一段成长时期，明白了许多事情。

上小学的时候看到的东西、遇到的人和现象都是未曾见过的，所有的事情都是未知的、难以理解的。

那时班里流行的东西就是一切，大家都会被影响。可能是因为还不懂辨别吧，班里流行的东西大家都想要，都会被它左右，可以说是完完全全的小孩子。

上了初中，我和周围的同学开始慢慢变化，对许多事情有了自己的选择和行动。班里的同学开始陆陆续续从漫画和动画中“毕业”。

几天前大家还一起沉迷漫画和动画，却突然开始对足球或棒球、社团活动感兴趣了。我自己也是上了中学，才开始拼命打篮球。我觉得当时的肌肉锻炼和跑步练就了我现在的基础体力，也学到了如何应对前辈后辈之间的关系和教练蛮不讲理的严格要求。

然后到了开始考试（中考）的时候，从漫画和动画中“毕业”的同学就更多了。我觉得就是在那时，我选择了“不毕业”。

一定是这个“最初的选择”让我以后的人生产生了巨大的变化。在大家逐渐从漫画和动画“毕业”的那段时间，我是这么想的：“大家原来不是和我一样，因为喜欢漫画和动画才去看的，而是因为班里流行看动画和漫画。而我并不是这样，直到现在依然非常喜欢漫画和动画。当然，在学习、考试和社团活动上，我也很努力，但这并不会影响我看漫画和动画。或许我以后也一直这样，一直喜欢着漫画和动画。”

没错，我记得自己当初做出了明确的“选择”。或许就是当时的决定奠定了我以后的人生。我到现在依然这么想，那是我心里第一次“自我”觉醒的瞬间。估计从那时开始，我看待事物的价值观和思想就稳定下来了，直到今天也没有改变。如今，我的内心依旧是那个十四岁的少年。初中时班里的同学开始谈恋爱，我也不例外，也是在当时开始对异性产生兴趣，和男生聊黄色话题，互相借阅有点情色意味的书，和女生一起出去玩。尽管如此，我还是没有从漫画和动画中“毕业”。

进了高中，周围的人“毕业”的脚步更快了。

由于我上的东福冈高等学校是一所男校，所以周围同学的兴趣基本只有三个，那就是“女人！运动！读书”，对其他事情几乎完全没有兴趣（高中男生就是这样一种生物）。到这种年纪还沉迷漫画和动画的，包括我在内，都属于罕见物种了。我感觉当时班里只有三个人对漫画和动画感兴趣。

因此，我在外面（即在学校）谈论漫画和动画的机会和时间越来越少。当然，也和班里仅有的御宅族同学聊了很多，不过周围“另一类人”的数量是压倒性的，所以互相说话的机会也减少了。

逐渐意识到这种情况后，我做了个决定：

“在高中毕业之前，尽量迎合父母、老师以及周围的人，度过普通的高中生活，不要成为一个因为兴趣而被担心的人。只要有一个被大家认同的正常的兴趣，就不会被别人说闲话，所以我要好好做一个普通的高中生，不要像奇怪的御宅族一样。我要好好学习、好好锻炼，也要交女朋友，和同学一起聊那些无趣的电视节目，成为一个融入群体的人。让自己身上散发着普通人的气息。”

这么想之后，虽然我还是一直喜欢漫画和动画，也一直在看，不过我把这些兴趣都隐藏了起来。

接着，在成为大学生之后——

**我终于解放了自己。**

说是解放，其实还和以前一样，平时跟大学的朋友们做些兼职、参加联谊、自驾游，或干些傻事。

不过，与此同时，我加入了漫画研究同好会，在社团里和同伴们尽情创作、参加活动，画漫画或插画等。

能和志趣相投的朋友们一起做喜欢的事情，真的非常快乐。

我上的大学叫九州产业大学，是九州唯一一所设有艺术系的大学。

不过我进的是商学院，也就是普通的学科，系里的同学大部分也是普通的大学生。

然而，漫画研究同好会里的人都是艺术系的。

因此，我在大学时代，是与这两类人有交集的。

## 御宅族和现充的混合物

白天跟系里的朋友一起度过，像普通的大学生那样干傻事。

晚上到住在大学附近的漫画研究同好会的同学或学

长家泡着，画漫画、看动画、玩游戏等。这四年过得非常开心。

同时，在总结这四年的大学生活时，我注意到了一件事。九州产业大学在我那个年代，已经是漫画家和动画制作人辈出的大学了。

我的不少前辈也是出名的漫画家，比如北条司先生、春日光弘先生、Moo. 念平先生、卷来功士先生。后辈的话，有六道神士、黑星红白。其实《火影忍者》的作者岸本齐史也是从这所大学毕业的。他是在我毕业后才入学的，所以并没有见过面。

这所大学原本就容易吸引生活在西日本的那些拥有创造性思维的人，出现许多此类的前辈后辈也没什么稀奇的。

其实在我读书期间，也有许多前辈、同辈或后辈会读到一半放弃学业，说“因为决定出道，所以不想再上大学了，我要去东京”或是“我拿到动画公司的职位了”“我要去游戏公司就职了”等等，然后远走高飞。我为他们感到高兴，就像是自己得到了工作机会。我们一起到前辈家里为他们壮行，或者举办盛大的欢送会。

那个时候的我其实是有点烦恼的。

“虽然自己从小就想成为能在《周刊少年 JUMP》上开连载的漫画家，对动画同样感兴趣，还喜欢看电视节目，也想从事与电影相关的工作——似乎喜欢所有和娱乐有关的东西，却没法决定投身于其中哪一项。以前还有成为漫画家的梦想，但现在觉得就算不是自己画漫画，进入出版社当个编辑，和作家一起制作一部作品，也是很有创造性的工作。然而另一方面，我是不自己动手就不甘心的性格，所以还是想独立创造些什么出来。”

就在这时，学校里开始出现传言。

“去年出道、退学去东京的前辈，前不久居然在车站附近买东西。”

一开始大家不信，都说：“怎么可能，前辈不是在东京吗？你看错了吧，或者是刚好这几天回来了？”但不久后，我确认了此事的真实性，并到前辈家里当面问了他。

前辈果然辞职了，并回到了福冈。没办法复学，他心里又对学校有留恋，就住到了附近。“可你为什么要辞职呢？当时决心那么坚定，还去了东京！”我问道。

“你不懂，那一行简直太奇怪了，继续待下去会死的，真是脱离常识的行业。”前辈一边喝着酒，一边如此抱怨。我看着他，心里感叹：“居然有这么过分的公司，真是倒霉。”

但这只是一开始的想法。

之后又陆陆续续出现梦想破灭、回到家乡的人。明明当时开了那么盛大的欢送会，回来的人还不止一两个。当我看到回来的人数达到两位数的时候，便开始思考。

回来的人，都说了同样的话。

“那一行太奇怪了，简直脱离常识。”

这时我想道：

“真的是那一行的错吗？难道不应该是‘你’奇怪，而不是行业奇怪吗？虽然你们都说脱离常识，但所说的常识是哪里的常识？明明你们都没有社会经验，是大学读了一半就退学的人。什么都不知道的人，又是拿什么去比较，然后得出脱离常识的结论呢？”

与此同时，我又想道：

“这样下去的话，自己会不会也变得和‘他们’一样呢？在没有任何常识的情况下，不管做什么都无法得出正确的判断。我想从事与娱乐相关的行业，想做这样的工作。但又不想失败，想自己好好决断。为此是不是需要什么前期的准备？”

然后我得出了答案。

“我需要的是‘绕远路’。为了成为能在自己想做的工作中做出理智判断的人，我必须先了解这个社会。在这个基础上再下决定，开始自己的事业。为此，我要先去一家普通的公司就职。可以的话尽量到大企业去，而不是那种小型家族企业。最好是拥有一千名员工以上的大企业。在家族企业里容易对工作敷衍了事，这样就无法看清自己的‘界限’了。我想知道以个人的能力和努力能做到什么程度，以团队和组织的力量能做到什么程度，以一个公司的力量能做到什么程度，然后尽量和强大的人一起工作。没错，我想知道的是**‘绝望’的界限！**”

于是，在大学毕业后，我到一家“混凝土二次制品”制造商的公司就职了。

## 游戏是一项综合娱乐项目！

“混凝土二次制品”是使用混凝土制成的水泥板或路缘石等。我所就职的制造商本部设在福冈，公司名称叫YAMAU，在九州和中国地区[①]有工厂，这家公司做的是从工厂制造、出货，直到运输至工地现场交货的工作。

我在公司的第一年被分配到福冈本部，进入一个被称作“线程事业部”的部门，主要负责销售将LED嵌入到混凝土板中的“线程耙子”。“混凝土二次制品”的制造公司一般与三种客户有业务来往。

第一是国家机关，也就是社会基础设施的建设者。第二是从事工程设计的设计咨询事务所。还有就是负责实际施工的建筑公司。

先得知政府对基础设施的规划，设计公司利用我们的产品进行设计，建筑公司中标之后，向我们公司购买商品，这就是大概的工作流程。这三种客户都非常强硬（字面意思），所以很适合作为让我了解“社会界限”的

① 位于日本本州岛西部，由鸟取县、岛根县、冈山县、广岛县和山口县组成。

工作伙伴。

在福冈本部工作了一年之后，我开始负责佐贺和长崎两地的业务，每天开车数十公里，到各种各样的施工现场。第二年我被派到大阪工作，负责的区域更大了。大阪、兵库、奈良、和歌山、滋贺的业务都是由我负责的。

我经手了许多公园的建设，还有大阪市立大学的中庭建设，以及大阪巨蛋（现在的大阪京瓷巨蛋）项目。这项工作本身是极具创造性的，给我带来了很多快乐。休息日我会去看那些从设计初期就参与建设的公园。看到那么多孩子在里面玩，看到自己的工作成果实实在在地出现在眼前，还有那么多为此开心的“用户”，让我觉得这项工作非常有价值。

在大企业中，我也明白了有些事可以通过个人的努力实现，有些事则不行。组织和企业的力量有一个范围，超过这个范围的话，无论怎么努力都没用。当我看到这个“界限”的时候，上大学时一起在漫研的朋友联系了我。他大学毕业后在东京的游戏公司工作。当时还没有手机，我回家后听到他的电话留言，马上就回了电话。

这是久违的联系，我们先以“进入社会的工作人士”的身份，互相介绍了彼此的近况。

他在 TAITO 公司[①] 上班，所属的部门负责制作销往游戏厅的街机游戏。和以前的朋友聊天很开心，我们就这样通了几次电话。

听他谈论我不了解的业界的话题，无论什么内容都是一种学习，而且很有趣。我表现出很大的兴趣。于是后来的一天夜里，回到家的我看到了他发的一封传真。上面是某个游戏的企划书。

他在电话里对我说：“我和几个从 TAITO 辞职的伙伴想创业，开一家家用游戏软件公司。大家会定期聚在一起写企划书，刚才发给你的就是，想请你这个朋友以局外人的身份看看，提出从普通人的视角得出的客观的参考意见。”原来如此，如果不嫌弃我这个外行的话，我很乐意提出客观的意见。于是我看了十几页的企划书，把自己的感想和分析都写了下来，用传真发回给他。

在这样来来回回联系半年后，他对我说：

---

①TAITO，日本老牌游戏公司，开发过著名的《太空侵略者》，于 2005 年被 SE 公司收购。

“要不要一起开游戏制作公司？其实我把你之前写的参考意见给朋友们看了。他们看完之后问我写这份报告的人是谁，还说‘我们这种创业公司不正需要这种能以客观的角度看待游戏的人吗？他有没有兴趣加入我们’。我自己也想和你一起开发游戏，希望你认真考虑一下。”

收到这份突如其来的邀请，我有点犹豫，同时想：“游戏公司啊，完全没想过呢。不过，我本来就决定在混凝土制品公司学到社会的常识后，去娱乐行业工作。游戏业也是娱乐业之一，机会难得，既然有人邀请了，就先对游戏行业进行一番认真的了解和调查之后再回答吧。”

写到这里，提到了许多关于漫画和动画的话题，但基本没提我在游戏方面的经历。因为实在太普通了，不管是我玩过的游戏的数量，还是我对游戏的兴趣。

在我读中学的时候，红白机发售了，妈妈也给我买了一台。一开始买的游戏是《马力欧兄弟》，而不是《超级马力欧兄弟》，就是在同一个画面里游戏，最后 1P 和 2P 对决那种。（笑）《马力欧兄弟》是我拥有的第一款游戏，之后父母没再买过。所以我一直跟兄弟和朋友一起玩这款《马力欧兄弟》。当然，之后在《铁板阵》和

《职业棒球》火起来的时候，我也会去朋友家玩，或是借来玩。《勇者斗恶龙》和《最终幻想》也是向朋友借的。我平时还去游戏厅，放学后到五十日元就能玩的游戏厅玩《魔界村》和《源平讨魔传》《太空战斗机》。大学时代流行《街霸 2》时我也玩，不过只和学弟们一起对战。总之我对游戏的兴趣一般，远远比不上在漫画和动画中倾注的时间和热情。

话虽如此，既然朋友真心邀请了，我也要认真回应。所以我一边工作，一边开始调查和学习游戏行业的知识。我去书店买了能买到的书，不过当时介绍游戏业的书实在是太少了，这点让我至今依然印象深刻。我在做销售工作的时候顺便去了图书馆，从电脑游戏的历史开始看起，比如游戏业是从哪里起步的。通过查找资料，对自己基本没有关注过的这一行算是了解了许多。

一开始在美国诞生了《太空大战》和《PONG》，之后 EPOCH 公司推出了《TV Tennis》，TAITO 公司推出了《Breakout》和《太空侵略者》，任天堂发售了游戏机 Game & Watch。一九八三年，美国游戏业出现了大萧条。而后 EPOCH 公司推出了游戏机 Cassette Vision，Tomy 公司推出了游戏机 Tutor，之后就是任天堂红白机的诞生。令我吃惊的是，在我开始了解游戏业的那个时间，红白机只诞生了十年多一点。

游戏业与其他娱乐行业比起来，是一个极其年轻的行业。当时正在流行 PlayStation，媒体领域和流通业掀起了革命，行业正要迎来巨大的变化。

通过一系列调查，我明白了这些，然后得出两个结论：

第一，从行业的年轻态和变化的速度来看，对新人的门槛不会很高。毕竟这是一个只有十来年历史的行业，从现在开始加入，也有机会追上前面的人。另外，技术的进步非常快，大家每天都在一边学习一边前进，我从现在开始学习，也有可能在不久的将来与他们并肩。

第二，游戏是一种极为罕见的拥有多面性的娱乐文化。我从小时候就开始迷茫，因为自己既喜欢漫画，又喜欢动画，对电影也有兴趣。因为都喜欢，所以很难将精力集中到其中某一项上，这个也想看，那个也想玩。游戏则可以将这些要素都包含进去，什么都能玩到。这是只有游戏才拥有的多面性，这难道不是自己一直以来想做的事情吗？

**“游戏是一种综合娱乐项目！”**在得出这个答案的时候，我自然而然就做出了决定。

我到现在依然记得，当时被一种不可思议的感觉包围着。从儿时起一直缠绕在心中的迷雾一下子散开了，对于未曾触及的游戏行业，我感受到了难以言喻的心动和兴奋。我还有一种毫无根据的确信：“就是这个，我要一辈子活在这个世界里，别无所求！”这正是开启大门的瞬间。就这样，我离开工作了三年多的混凝土制品公司，和其他九位伙伴一起，成立了一家独立的工作室。那正是一九九六年，CyberConnect 有限公司诞生了。

## 成立游戏制作公司！

### 谁都可以成立公司，即便是个外行

要离开一家工作了三年多的公司，其实并没有那么容易。需要到负责的工地现场和相关人士打招呼、交接工作。重要的是，需要说服共事至今的同事、前辈、后辈和上司。

我一开始和上司说“我想辞职，和朋友一起开一家游戏制作公司”的时候，上司说：“你在说什么啊，我完全听不懂。”这位上司当年四十六岁，与娱乐行业基本无缘，我觉得他确实可能没听懂。

之后我用了几个月时间向上司说明，并说服他，最后他终于无可奈何地答应了，说：“你以前就一直很顽固，我也明白你是认真的了，要保重，加油啊！”之后我又向同事、前辈和后辈解释了一圈。

我是个比较有存在感的人（我觉得有！），一说要辞职，就会被周围的人挽留，不过最终大家还是和上司一样理解了我。工作陆续交接完，终于到了离开公司的日子。那天，许多同事、前辈、后辈和上司聚到一起，为我举办了一场盛大的欢送会，我也深刻感受到了三年的岁月确实积累了不少东西。一九九六年五月，我离开了混凝土二次制品公司。

实际上，CyberConnect 有限公司在同一年的二月就已经注册完毕，之前提到的朋友提前到福冈办了手续。

由于他们都在 TAITO 这家游戏公司工作，没办法同时辞职，所以需要花点时间，每个月其中一人提辞职，去和公司以及上司谈，之后陆陆续续搬到福冈。我在一九九六年五月从大阪搬到福冈，并处理好行李。第一次到 CyberConnect 有限公司报到的时候，包括我的朋友在内，那间屋子里一共有五个人，我是第六个来“会合”的。虽然我到公司之前已经拿到了成员名单，但这一天是和他们第一次见面。

“大家好，辛苦了！我是松山，从今天开始一起努力吧！请各位多多指教！”

我充满活力地和大家打招呼，然而屋子里的五个人毫无反应。

嗯？怎么回事，我理解错气氛了吗？

正迷茫的时候，我那位朋友走过来说：“我来跟你说明情况，到这边来。”然后带我到屋子深处。

虽然说是屋子深处，但其实当时公司里什么都没有。只有一张桌子、四把椅子，再加一台电脑（朋友的私人物品）。除此之外，什么都没有，只是一处空荡荡的空间。顺带一提，他们九个人事先商量过，说公司的社长由提议创建公司的人来当，于是我的朋友便领了这个职务。我的“朋友”突然成了我的“社长”，这位社长向我说明的情况大概是这样的：

“虽然从设定上我是社长，不过希望你别太在意。我们的规模还没到明确职位或上下级关系的程度，而且我也不想建立那样的公司。大家在之前的公司比较自由，不太喜欢上下级关系太明显。还有，从今往后你要生存下去的行业，和以前待过的完全不同，这里是个全新的世界，不是仅仅以你的常识就能推测的。娱乐行业有自己的做法和风格，希望你能慢慢学。”

“哦，哦，我知道了，请多指教啦！”

我还是有点不太明白，也确实什么都不懂。不过包含社长在内，其他成员对我来说都是“行业的前辈”。从今天起就要承蒙大家的指点了，我也要好好向他们学习。

“没错，他们一直在大型的游戏制作公司工作，是专业人士，也是前辈。不能仅以我狭隘的视野和价值观来判断新的事物。糟糕糟糕，差点一开始就给大家留下了不好的印象。”

我这么想着，重新调整心态，问社长：

“好的，那我要先干什么比较好？尽管安排工作给我吧！我什么都做！”

这么说了之后，社长反而有点为难，说：“说到底，你不会用电脑，也完全不懂游戏开发吧？我先当你的老师，从今天开始，你每天先学习电脑的操作和机能，然后再学习 3DCG。”没错，当时我虽然年纪不小了，但还没碰过一次电脑，是完完全全的门外汉。我的外行程度大概可以用“以为操作不当电脑就会爆炸”来形容。说真的，我真的这么想过……

之后的每一天，我都在社长的教导下学习电脑知识和游戏行业的知识，还有 3DCG 的基础知识。特别是 3DCG，当时刚好是 PlayStation 迈向全盛的时期，书店里有很多关于 3DCG 的书，于是我买了一堆来学习。就在坚持学习的日子里，某天我一转头，看到另外四个人正在分别做着什么事。

其中一个人一直在本子上画着什么东西。

另一个人不知在读什么书。

剩下两人在面对面使用某种卡片，一边说着什么一边战斗。这样一看，让我觉得特别兴奋：“啊，这就是创作吗？他们已经开始创作了啊，我也要快点完成学习，加入他们的创作中，真期待。”

就这样过了几周，某天我突然产生了疑问，然后去问社长：“那个，关于工资的事情，我也不是想说什么，毕竟才刚开始，公司刚成立，给我多少都行的。我只是想问每个月大概能发多少工资，哪天发工资，可以告诉我一下这方面的安排吗？”我直到此时都没问过工资的问题，只是一直在学习，在这之前想的也只是学习，但现在我已经到了不得不提出这个问题的境地。当时我的存款有十五万日元左右。从混凝土制品公司辞职的时候存款大概有四十五万日元，没错，我在银行里的全部存款（也是我的全部财产）只有四十五万日元。虽然我工作了三年多，不过离职的时候也没拿到多少钱。在混凝土制品公司每个月大概有二十二万日元左右，实际到手约十八万日元。每个月的生活费和房租基本就把工资用掉了，不过我有意识地每月存一万日元左右，所以存款约有四十五万日元。

成立 CyberConnect 有限公司所必需的费用，是注册资金三百万日元。因为成立初期成员共有十个人，所以每人出三十万日元，我付完之后只剩十五万日元。当然，十五万日元要过一个月是没问题的，我也没问工资的事情就来了。然而社长的回答实在是太有冲击力了。

**“嗯，还没想过工资的事情呢。”**

这可不行。我一听他这么说，差点想问：“嗯？你说什么？”结果说的是：“什么意思？没想过？嗯？怎么回事？”社长的解释大概是这样：“可是，那个，我们现在不是还没开始工作吗？所以没办法发工资。不工作的话，公司本来就没钱嘛。得等有了工作再想工资的事情。”

“……嗯？不不不不，等一下，是这样吗？不是吧？那我要怎么生活啊？”

“这点大家都一样啦，先用存款撑一段时间吧。”

“可是我没有存款啊。话说这种状态要持续到什么时候？什么时候才能发工资？给个确切的说法吧，没有工资的状态要持续到什么时候？难不成大家都有很多存款吗？”

听起来很可怕，但事实就是如此。虽然事先没有提到工资是我不对，不过话说回来，我当时认为他们应该都考虑过这个问题。结果在我了解情况后，发现其他成员（包括社长）前一份工作工资不低（游戏行业真好啊），所以有一定的存款，加上辞职的时候还拿了不少钱，完全有能力靠存款生活。事实上，除了我以外的成员确实打算“先用存款撑一段时间”。

然后社长说：“嗯，而且公司成员也还没有到齐，这样没法开展工作，所以先等人齐再说。”

我一听就急了：“等等，等一下！什么情况？！等所有人来齐？！你的意思是十个人都来齐对吧？！你们之前说大家要一个一个慢慢辞职，然后来新公司，按照计划的话差不多要半年吧？也就是说这半年都不会有工资吗？！而且等半年后人齐了，能保证马上开始工作吗？就算可以，工资也得再过一段时间才能拿到吧？难道我要用十五万日元撑那么久吗？会死的，我会死的啊！”

真的是像开玩笑般的对话，（笑）可惜不是玩笑，也不是闹着玩的。“说到底这个工作到底要怎么开展？而且大家不是已经开始工作了吗？（我每天只是在学习。）我看他们有的在画画，有的在看书，还有人在用卡片做什么研究。那是在做哪方面的工作？”

“工作还没开始，大家也并不是在干活。画画只是因为兴趣，读书的也只是在读自己喜欢的小说。卡片的话，是他们最近沉迷的游戏，最近流行的《万智牌》的英文版。顺带一提，之所以玩英文版，是因为可以用到最新的规则，这点和日文版不一样。”这是社长给我的解释。

“听不懂！这都是什么解释啊?！我不需要这种解释！英文版和日文版的区别关我什么事！这都是什么，什么万智牌？听都没听说过！而且他们居然是在玩?！为什么在公司里玩？为什么在公司读喜欢的小说，画想画的东西？到底是怎么回事，喂！我还以为大家是在研究工作呢！**把我对工作的热情还回来！傻不傻啊！我再说一遍，傻不傻啊 ~~~~~~ ！！！！！！**”

我在 CyberConnect 有限公司的日子，就这么具有冲击性地开展了（确切地说还没有开展）。

## 梦想与希望与努力与毅力的“Z 便当”！

后来我和社长又谈了很多，确认了各方面的事情，包括以后（为了拿到工资）需要怎么开始工作。最后终于弄明白，我们在开始正式工作之前，需要完成以下步骤：

①制作企划书

②制作工作进度表

③制作报价单

④将这三份材料发送给游戏开发商

⑤与游戏开发商签合同

也就是说，只有到达第五项的“签合同”阶段，公司的账上才会有来自游戏开发商的款项（这是“业务委托合同”，先不管细节上的事情，只有签了合同，才能拿到工资）。

为了到达“签合同”阶段，当然需要经过一到四这几个步骤。

说到底，为什么在连任何说明都没有，大家也没有商量过的情况下，就不明不白地来到新公司了呢？心也放得太宽了吧？这类话题我已经和他们聊过很多次了，不过我还是对在场的所有人说：“虽然我在游戏行业确实是个新手，什么都不懂，不过至少我知道这五个步骤是不可能两三天就完成的。无论多么顺利，我觉得至少也需要两个月左右。虽然这段时间一直没有工资拿是很不合理的，但为了尽快拿到‘工作’，一刻也不能耽搁了。我们就是为了工作聚集在一起的。当然，我明白大家希望等十个人都到齐再好好商量具体做什么。可是，到那时候就已经太迟了，毕竟还有六个月才能聚齐所有成员。我们应该以现在的阵容先做些力所能及的事，企划内容可以先做，让另外四个人看看我们每天的进展，让他们提提意见，我们再逐步修改。可以吗？大家能明白我的意思吗？”我把意思都传达到了。

当然，没有任何人给我回应，不过我已经决定着手准备了，不然不知道要等多久才能开始。

大家可能明白了我的感受，因此我们从当天就开始为制作具体的企划书而思考创意。果然不出所料，在创意这个阶段也是寸步难行。无法定下任何点子，包括我自己在内。明明是一群因为有想做的事情才独立出来建立公司的人，但真正到了要统一想法进行创作的时候，意见却完全无法统一。虽然大家想出了很多点子，但很多想法过于自以为是，或是内容过于极端，让人怀疑“这能卖得出去吗”。有的点子虽然靠近主流，但已经有大公司发售类似的作品了（这是理所当然的）。我们每天想创意，然后大家一起评分和提建议，但一直没有像样的创意。

“果然很艰难，时间却一天天地过去。不对，换个角度想的话，这反而是件好事，还好现在就开始做这件事情了。要是等半年后才开始，就要浪费更多的时间，光是想到这一点就令人毛骨悚然……”

同时，我也产生了很自然的疑问：他们此前一直在大型游戏开发公司工作，而且作为专业人士一直做着开发的工作，制作企划对他们来说不应该非常简单吗？难道游戏厅的那种游戏，和家庭主机的游戏区别很大？不过我们依然一心想做出一个企划，让所有人都认同的企划，于是每天绞尽脑汁想出新的创意，又马上否决，就这样过了一段时间。

不管怎么说，总之大家开始齐心协力地干活了。我也来介绍一下这段时间生活方面的情况。首先，大家都生活在同一栋公寓楼里面，只有社长住在自己家里。其他人在同一栋公寓各自租了一间房，每天都从这里出发去上班。在接到工作之前（因为没有工资），大家的房租都是从公司账上出，还不需要担心付不起房租。

然后就是除房租以外的生活费，我做的第一个决定就是缩减自己的开支。在不知道无工资状态要持续到什么时候的现状下，需要尽可能地节约，毕竟我只有十五万日元的存款。

这段时间就先不买衣服了，《JUMP》和漫画书先借其他人的来看（他们比较有钱，买得起）。游戏也和游戏机一起借来玩。当时我向同事借了世嘉土星和PlayStation，玩了很多游戏。因为在混凝土制品公司工作的三年是我的游戏空白期，我对游戏的了解还停留在SFC[①]，现在突然跳跃到了3D时代。于是我就以不熟悉的3D游戏为主，把能玩的游戏都借过来玩了个遍。当然是在公司玩，而且是晚上留在公司玩。我心里不禁感叹道：啊，就这么在公司里玩游戏了。结果我也和其他人一样，在公司里玩起了游戏。

然后就是水电费，不过关于这些（电费、煤气费、水费等），因为我基本上不在家（在公司），所以每个月

① 超级任天堂，由游戏公司任天堂继红白机后开发的家用游戏机。

只须付最低金额。尽管如此，这几样费用加起来，每月还是得付五千日元左右。

还有交通费，由于大家都住在同一栋公寓楼里，就都坐我的车上班了。大家一起开一辆车上班，总比坐电车便宜。不过每个月加油的费用也要五千日元左右。

剩下的开销基本就是吃饭花的钱了，没错！就是饭钱！这是变化幅度最大的费用。只要吃点好的，钱很快就会用光，而且吃掉的东西就只是吃掉了而已！在不知道无工资状态要持续到何时的情况下，只能尽量减少饭钱了，毕竟未来没有保障。性格极端的我解决的方法是“Z 便当”，请让我介绍一下这种便当。

“Z 便当”的做法！

①在便当盒里塞满米饭

②撒上柴鱼干

③淋上酱油和蛋黄酱

好，制作完毕。

这就是“Z 便当”。在淋酱油和蛋黄酱的时候，按照“从左上开始到右上，然后到左下，再到右下”的顺序淋，这样看起来就像一个“Z”吧？所以叫“Z 便当”(起名的是在旁边看我做便当的社长)。我每天做两个这样的“Z 便当”带到公司，然后不吃早餐，在中午和晚上吃“Z 便当”，每天都吃这个。你问我吃到什么时候？当然是吃到发工资的时候了。什么时候才发工资？这就要回到工作的话题了。

制作企划书这件事依然在艰难地进行着，不过苦恼到最后，从同事画的一张“涂鸦”展开创意，完成了值得纪念的 CyberConnect 有限公司的处女作《**猫犬协奏曲**》的企划书。我们从内容和玩法中推算出工作进度表，并制订报价单，在（去便利店复印的）电话簿上找出十几家游戏开发商的联系方式，然后把所有文件发给每一家游戏开发商。其中有六家回应了我们，都谈过一遍后，我们将范围缩小到三家，最后决定与万代（现在的万代南梦宫娱乐，本书中所有的“万代”和“万代南梦宫游戏”指的都是万代南梦宫娱乐）签了合同！

从我与同事们见面的一九九六年五月起，直到与万代签约开始工作，刚好花了半年。没错，在这期间，我一天两餐都是“Z便当”，就这样吃了六个月。我成功地用十五万日元生活了六个月。

在终于能开始制作游戏的时候，我的体重降到了五十四公斤。开始工作后，体重（理所当然地）逐渐恢复到了原来的数字。当时的体重和现在差不多，大概保持在六十二三公斤左右（我身高一百七十厘米，体重一般吧，不胖也不瘦，算是正常，典型的中等身材）。

## “有讲究的技术组织”和“没有技术的人”！

和万代签完合同后，终于能开始工作了。

一般在签合同（业务委托合同）的时候，会设置一些被称作“里程碑”的项目节点。

①试玩版

② α版

③ β版

④完成版

这些指的是游戏制作中的“进行状态”。

①试玩版

指的是游戏中可以明确的“操作的基本要素”，动作游戏的话就先做出一开始的画面，主要是为了让开发商明白这到底是怎样一款游戏。

② α 版

这个版本大致配备了基本系统，暂时确定了道具数量等。这个阶段可能也在同时进行配音的录制工作，所以游戏中的声音都是暂定的，效果音是暂定的，画面的细节是暂定的，插入的动画短片也只是暂定版。没错，也就是整体暂定。（笑）不过，大致可以让开发商看到游戏的整体框架。

③ β 版

也被称作“all in β”版，就是把最终确定的各种数据配备到 α 版中，替换掉临时的数据，可以说是接近完成了。不过还需要进行调整。因此可能会出现前期敌人太强或太弱的情况。换句话说，这个时候的游戏还不够有趣。另外，还没有进行调试（修复 bug），因此整个游戏都处于满是 bug 的状态。可能会玩着玩着就突然卡死，或者掉到洞里完全回不来（这也算卡死了），所以还是未完成版。

④完成版

这个版本完成了所有的调整，也完成了调试，一切 bug 都消失了（至少我们认为消失了）。把这个版本提交给平台开发商（也就是销售游戏机的开发商，比如任天堂、SEC、微软等）接受审核，得到认可的话就完工了。如果没有通过审核，就需要修改后再提交（一开始提交的版本是 1.00，再次提交的时候要根据平台提出的意见进行修改，这是版本 1.01。如果还需要再次修改提交，就是版本 1.02。以此类推）。重点是只要平台开发商不认可，这款游戏的制作就不算完成，也无法发售。

顺带一提，各个版本在不同的开发商和项目负责人手上有不同的定义，在开工前就必须确认好。（也有可能要求在 α 版就配备所有的最终数据，有时候完成版也可以提交暂定数据。从我多年的经验看，各家都没有统一的标准。游戏行业真是不可思议，就没人来下一个明确的定义吗？）

以这些节点区分游戏制作的时间和各种状态，每个时段都能从开发商那里拿到钱（即制作费用）。我们公司通常是协商以每个月付款的方式拿钱。比如一个作品需要一亿日元的预算，制作周期为十八个月，每个月公司差不多能有五百五十万日元进账。

我们每个月用这些钱付公司的租金和水电费，购买员工使用的开发器材和软件，以及支付工资。当时我们商量好所有人每个月都拿二十万日元工资（总支付金额）。当然，所有人（包括我）的工资都比前一份工作少。不过当时还不知道未来会怎样，总之是“在成功之前先努力”，就这么决定了。对我来说，比之前用十五万日元生活六个月的情况已经好太多了，可以过得有人样了。在不用担心生活和钱的状态下，当初（因为花了半年才拿到开发商的合同）说好的所有成员（十个人）也都到齐了！接下来就剩下全心全意制作游戏了！没错，我原本是想只要干活就可以了……然而……

当时的“冲击”我到现在都还记得，就像昨天发生的事情一样历历在目。直到现在我还记得自己当时的感受，实在是太震惊了。在正式开始制作游戏之后，我才发现除我以外的九名成员的能力是多么强大。

说实话，从和他们聚到一起，到开始工作的半年时间里，我一直觉得："游戏行业真是悠闲啊，大家对待工作就像在玩似的。再怎么说是创造性的工作，也太自甘堕落了。打到公司的电话也不接。在开会讨论事情的时候，不仅有人从头到尾一言不发，还有人在本子上画画，甚至不知道他们到底有没有在听，也不给回应。还有人干脆连看都不看其他人。这样的话，我只要好好努力，就能轻而易举地追上他们。因为我可是付出了别人两倍的努力呢。虽然没有完全掌握制作技术，但电脑操作、游戏制作、制图这些我也基本会了，绝对能追上并超过他们！"

然而到了实际开始制作的时候，我负责制图、编写数据，学得越深，越感受到自己做出来的数据质量和他们做出来的相比，差距已经超过了"天差地别"的程度。我来举一个具体的例子。

有一次，我做了一个背景用的树木图片，使用 32×32 像素点，16 色，也考虑了配合《猫犬协奏曲》的世界观，查阅很多树木的资料，进行了各方面的比对，还参考了其他公司制作的游戏中的树木设计。我把花了很久做出来的树木图片拿给项目组长看，他看了一下，点了点头说**“你要是觉得这样可以的话，就行吧”**。这真是个打击。直接被训斥“不太行，重做”的话，反而能让我好受点。我说“我是觉得可以，才让你看的……”，然后他回答了一句“那就这样吧”，语气也十分平淡。“哎？可是，那个，但是……”我心里的疑惑并没有消除。当然，我是觉得“这样可以了”才拿来让他检查的，而且是重新画了好多遍、调整了好多遍之后才让他看的。他既然说“那就可以吧”，意思是 OK 了才对。然而，我还是陷入了疑惑。

“哎，这样可以的话，就是说这个‘树木’的图算是产品了吧？这样的图真的可以？我画的是对的吗？我只是努力一下画出来的这种图，就可以当成产品了？真的？能让小朋友花钱来买吗？没问题吗？真的可以？”

组长肯定也不是为难我，才用那种平淡的语气说“那就这样吧”，只是我做出来的东西需要给谁看一下，得到认可，才能放心地认为这件事做完了，然后进行下一步工作。但是，这看起来就像“只想轻松地得出结论”。

“真的可以吗？没有什么不足吗？这些要自己想想，你自己应该能明白吧？大家都是以同样的心情在制作同一款游戏。”虽然他并没有这么说，但我觉得他想表达的是这个意思。结果，我在进行其他工作的同时，又把这个“树木”修改了很多次。只是一张树木的图，不知道总共花了我多少个小时。后来，我越来越不知道什么才是正确的了。最后怀着差不多要放弃的心情，找组长商量了一下：“说实话，我很烦恼，已经不知道怎么画才是对的了，光靠我自己找不到答案。能给我示范一下吗？比如你画出来的树是什么样子的？”我很直接地向他求助。

于是，他一边说“嗯，这个啊……”，一边开始流畅地打像素点，仅仅几十秒（按照我的估计大约三十秒）就做出了“树”的图片。呈现在我眼前的是“完整的树”。**不，应该说是真正意义上的“树”。**

“啊，就是这个，这是我想象中的树。我想画的就是这样的东西。可是，我画不出来。这样的图才能叫作‘产品’啊……完成的产品就在我眼前，和我花了很长时间画出来的简直不是一个级别的东西。他刚才在我面前三两下画出来的才是‘正确答案’。我花那么长时间不断试错，本身就是无用功。什么啊，这里不就有‘正确答案’吗？就是这个，用这个不就好了吗？不如全都让他来画好了，完全不需要我这种人啊……”

这打击真是太沉重了。就像《赌博默示录》里经常出现的整张脸跟着背景一起扭曲的画面一样。

眼前的现实让我很难接受。从我的角度来看，他们是一群没有一般常识和社会性的人，我还想着轻轻松松追上他们。

但无论花多长时间，不行就是不行。即使只用三十秒做出来的东西，可以就是可以。我深刻体会到了“创作的残酷”。“什么付出别人两倍的努力？我才是那个什么都不懂的人，才是那个什么都没有的人。什么叫不需要我这样的人，什么叫全部都让他来画！其实我应该明白，虽然心里想着‘那让他自己画所有的东西就好了’，**但因为一个人没法做这么多，才需要大家，才需要我，不是吗？所以，才要大家共同做一个游戏**。既然这样，我能做到什么？又该怎么做？”

受到打击一直苦恼的我，最终得出的答案是：

“好，既然两倍的努力不行，那就用三倍的！”

就这样，**地狱般的“三倍大作战”**开始了。

## “三倍大作战”与鸭川会长！

对有些人来说，如果有发誓要复仇的对象，就会像上了特殊的发条似的迅速行动，也就是有一种无论何人何物何事都无法使其动摇的“决心”。

这或许是“信念”或“愿望”，甚至说“诅咒”也未尝不可。这份决心让“三倍大作战”成为可能。就算付出别人两倍的努力也追不上，更无法超越别人。从这个结论推导出的战略，是非常单纯地把一天八小时的劳动时间延长到三倍，也就是一天工作二十四个小时。换言之，就是“不回家”。

学习，弄懂，钻研。重复，重复，再重复。努力，努力，再努力。我坚信这样就能达到我的目标。

事实上，从做出决定的当天开始，我就没再回过家。

每天都住在公司，白天和其他同事一起商讨，确认数据，不停地从他们身上学习知识，确认自己的工作，盗取他们的技术。夜里就把学到的东西付诸实践，重复多次地制作，就这么一直钻研知识，打磨自己。隔天早上再把成果给同事看，得到他们的意见并修改……夜里我一个人在公司，天快亮时就在公司的茶水间洗澡（茶水间并没有浴室，所以请不要学我），然后好好休息几个小时。在大家上班的时间起床，白天再和同事一起度过。就这样，每天反复地学习和钻研。

在这期间，我对他们的感情也逐渐发生了变化。这时的我对于他们，有一种“可惜”的感觉。

他们在游戏制作方面依然遥遥领先，是绝对的人才。这一点毋庸置疑。只是，他们在为人处事上还是我行我素。依然不能好好回应别人，在会议中不发言，并且还在画画。当然，公司电话响了也不会接。有一种“不合群的生物”的感觉。

“好可惜啊，他们明明是一流的人才，这一点毫无疑问。或许这种现象不仅出现在他们身上，在游戏行业工作的多数技术人才可能都是这样的吧。作为制作者的能力很高，但反之欠缺作为社会的一员或公司职员应有的素质和意识。或许不能评判他们这样到底好还是不好，即便他们平时在生活中很邋遢，就算他们作为社会上的一员有不好的地方，但作为游戏制作者，只要能力一流就足够了。事实上也是如此，在这个‘世界’中就是以技术见真章。不过，我还是有点想不通……”

住在公司的日子一天天过去，经过不断的努力，在一年多之后，我终于成为得到其他成员认可，能独当一面的“制作者”了。历时十八个月制作的《猫犬协奏曲》中的“雷萨卡小镇”“费尔森”“浮空千岛”“蛋型石”“废弃工厂”，到最后的舞台“铁巨神”的体内等，整个产品有一半的场景是我做的。

一九九八年，在《猫犬协奏曲》发售之后，我们马上开始制作《**沉默爆破手**》，我在这款游戏中也担任背景图像制作（现在叫作关卡设计）。

经过一个又一个工作成果的积累，我也逐渐有了自信，不再像以前那样陷入“不安的旋涡”，周围的同伴也认可了我作为游戏制作者的能力。现在回想当时的情况，其实我也不知道到底是不是正确的。

如何画出好看的画？如何才能掌握技术？如何才能得到旁人的认可？如何让自己认可自己？

有些人可能有某一天突然觉醒的经历，也有生来就拥有才能的人，然而实践证明我不是这样的人。我或许只是庸俗、粗糙、过于笨拙、有勇无谋的人。如果练习一百次挥棒还做不好，那就只能练习一千次。一千次不行的话，就一万次。再不行就十万次。

结果到最后，我对于所有的事情都采用了这种方法。

我每周都会玩新发售的游戏，也向同事借以前的名作来玩。一边玩一边研究图像和程序中的技巧，每天都向同事询问不懂的地方。每周都会看新发售的游戏杂志，比如《周刊 Fami 通》，学了很多东西，包括其他工作室的事情、作品的细节、品牌的知识等。我会着重看别的制作者的访谈，每个字都认真地看，也会关注玩家在杂志和网上对游戏的评价，并尽量自己弄清楚作品为什么会得到那样的评价。我见过很多其他公司的游戏制作人员，和他们聊天，也和许多开发商的策划人对话过。到东京出差的时候，**我绝对不回酒店**，一定会和别人吃饭、喝酒、聊天，听他们说话。**其他同事“不合群”的地方，反而是我的强项。**因为我前一份工作是销售，已经习惯了和初次见面的人侃侃而谈。同事们教我技术和知识，我也想将自己唯一与他们不同的能力尽可能地发挥出来。**削减睡眠时间，但绝对不通宵熬夜，**因为会导致第二天效率低下。我一定会睡一到两个小时。我会在吃午饭的时候**看动画，而且尽量和几个人一起看，**这样大家就能分享观后感，可以了解和讨论不同人对同一部作品的看法。晚饭时看漫画或玩游戏，也是和大家一起，然后分享看法、讨论作品，就这样不断重复。我把生活的全部时间都拿来工作，所幸这份工作又刚好与自己的兴趣相关。我向别人学习挤出时间的方法，在获取知识和信息方面下功夫，将一天二十四个小时全部投入到工作上，用知识和信息弥补自己的不足。我所做的一切，就是不断地努力。在《第一神拳》中，主人公的教练鸭川会长有一句著名的台词：

**“努力的人不一定能得到所有的回报，但是成功的人都必须努力！”**

这句话直到现在都还印在我的脑海里。（当时这部作品在一九九八年的《少年 Magazine》上连载，讲到鹰村第一次参加世界比赛时，鸭川会长说出了这句台词。）

就这样，又过了一段时间，当我回过神来，发现自己已经不只是周围同事认可的游戏制作者了，而是被大家当成了“CyberConnect 制作团队的核心人物”。之后《沉默爆破手》制作完毕，于一九九九年发售。我自己也可以用“对等的视线和视点”来面对他们了，一起同甘共苦，度过每一个制作游戏的日子。

然而，就在我以为今后的日子将会一帆风顺时，突然出现了绝望的事态。

到了二〇〇〇年，游戏的平台从 PlayStation（PS）转移到了 PS2。我们的公司自成立起，也已经历了四年的时光，在这一年的某一天——

**社长不见了。**

突然间——

**CyberConnect 有限公司消失了。**

## “绝望”近在眼前！社长不见了！

从常识上来说，社长一般不会消失。而且，只要社长一走，公司就跟着消失了。当时的我们就遭遇了这种并不平常的事件。不过说实话，这件事是有预兆的。在此之前的一段时间里，社长就不怎么到公司来了。

包括我在内，当时刚好是所有成员共同制作完成《猫犬协奏曲》和《沉默爆破手》之后，正要着手制作新项目，也就是 PS2 平台的《.hack//》的时候。当时大家有一种特别的心情。公司成立了四年，经历了《猫犬协奏曲》和《沉默爆破手》的制作与发售，这两个作品的销售成绩都不能算是很大的成功。《猫犬协奏曲》销量约为十五万张，《沉默爆破手》约七万张（都是全球累计销量）。虽然这数字不算差，但也无法称为热门大作。

所有人都想把下一部作品做出好成绩，正摩拳擦掌地想在《.hack//》项目中大干一番。忽然有一天，社长来到公司，把我们这批创建公司的伙伴叫到一起，说有事情想谈谈。然后他对我们说，“我想做 i-mode[①] 的工作。”

包括我在内，所有人都一脸难以置信。当时还是功能手机的时代，并没有现在这样的智能手机。不过，当

① 日本移动通信企业 NTT DOCOMO 提供的一项服务。用户只要使用 i-mode 对应机种的手机，就可以收发电子邮件并浏览网站。这项服务是手机上网服务的先驱，之后其他通信企业也开始提供类似服务。

时的手机也已逐渐有了玩游戏的功能。社长在那段不怎么来公司的时间里经过了深思熟虑，然后开始行动，应该是在外面见了别的公司的游戏制作人员，谈了 i-mode 的话题。我们也对社长提出了意见：“先不管 i-mode 的发展，以后会不会流行，以及做与不做。关键是，我们现在必须努力把《.hack//》做出来，不是吗？另一方面，应用开发的工作是要以少数几个人做出十个左右的软件，在半年内陆续交货吧？我们公司本来人就少，再分散人员的话，会什么都做不出来的。为什么现在要提出做 i-mode？我们应该把《.hack//》好好做完才对！”这与其说是意见，倒不如说是在说服他。但这次的说服并没有成功，过了几天，社长说“无论如何我都想做 i-mode”，然后离开了公司。

在这个瞬间，CyberConnect 有限公司就消失了。我们九个（除社长之外）创设公司的成员聚到一起，开始商量今后怎么办的问题。当然，社长的离开、公司的消失都让我们很受打击，但还是要决定今后的出路（这时我们还没有向《.hack//》的开发商，也就是万代汇报这件事情，实在说不出口）。我们决定用周末的时间考虑，思索各自的想法，到周一再开会商量。

很神奇的是，这时我心里已经有了答案。虽然公司成立不过四年多一点的时间，创设成员只有十个，但后来逐渐有新的人才加入，现在已经有十八位员工了。包含创设成员在内（社长已经不在了），公司一共有十七个人。到了周一，我们十七个人在公司中间的空地集合开会，讨论以后想怎么办、该怎么办。当时我和所有人这么说：

**“社长不在了，因此公司也消失了，**已经没有 CyberConnect 有限公司了。大家打算怎么办？接下来要做什么？以大家的实力，再找工作肯定不难，我想业内的公司都愿意要你们，无论在关东还是关西都能找到新的工作。不过，大家想怎么做呢？我说说自己的想法吧。我想制作《.hack//》，想把刚起步不久的这个项目好好做完，让它面世。我们公司成立差不多四年了，我在这四年里一次都没有偷懒，全力奋战到现在。不管是《猫犬协奏曲》还是《沉默爆破手》，都是令我自豪的作品。不过说实话，正如各位所知，这两部作品在商业上并不能算是很大的成功。当然我们公司并没有赤字，但也不算成功。

大家是怎么想的？之后想怎么做？

“我是这么想的。《猫犬协奏曲》和《沉默爆破手》都是好作品，但并没有从成绩上体现出来，我对此很不甘心。我对制作过程问心无愧，竭尽了全力。不过，我觉得还不够。这是因为奋斗的方式不同。这四年来和大家一起工作，我也能感受到。大家经常说我们公司和大企业不同，规模小、人数少，资金和器材也不够。我们无法以同样的方式奋斗，也不需要和大企业有同样的目标。只要以自己的方式努力，总会有好结果的。这在某种层面上或许是正确的，但我还是觉得不对。无论我们是大公司还是小公司，都与玩家无关。而且游戏都是同样的价格，并不会区分是我们制作出来的，还是大企业制作出来的。所以刚才那种说法只是借口。玩家购买游戏时也会有对比，这样一来大企业反而必须要有不输给其他厂家的魅力和策划、创意，才能吸引到玩家。

“而我，想通过《.hack//》这部作品来实现我们的价值。如果在所有的层面都和大企业对比的话，或许我们做出来的游戏难以与之匹敌，但是可以从其他作品没有的方面入手，以只有《.hack//》才能体现出来的魅力为战略，将这部作品做成可以和大作媲美的游戏。为了实现这一点，我觉得以往的奋斗方式是不行的。我们不要找借口，也不要自我安慰。要充满信心地投入到制作中，不能像以前一样，我们要重生。我们要成为**‘特别的人’**，组成一个**‘特别的公司’**，不然就无法以**‘特别的方式’**获胜。在这个行业工作了四年后，我明白了一点：无论是我们公司还是其他公司，都没有任何一个人偷懒，大家都在努力。因为大企业也在努力，即使我们同样努力，还是无法弥补与大企业的差距。所以我们不能只是努力，我们需要**‘特别的努力方式’，要以‘特别的方式’才能获胜**。如果我们和大企业一直像两条平行线那样，就永远填补不了中间的差距。所以，让我们一起重获新生吧。

**“能不能让我来担任社长?** 我们这些人，包括前社长，一直以来都是以‘尊重大家意见的民主方式’工作至今。什么事情都是大家一起商量之后再做决定，直到所有人都认可为止。虽然我不觉得这种方式全部都是错误的，但也不觉得是正确的。因为是大家一起商量、一起决定、一起努力、一起得出的答案和结果，所以不能责怪任何一个人，谁都没有错，是大家共同的责任，没办法追责。我希望停止这种思维，要明确责任，如果失败了却没有人扛起责任，这样的工作太奇怪了。可以让我来当社长吗？我会担负起全部的责任，无论成功还是失败，一切都是我的责任。当然，我完全不想失败，但希望把是非分清楚。所以，我想把公司成立时大家平摊出资的部分全部买下来，同时担负起所有责任。无论对外还是对内，所有责任都集中到我一个人身上，所有事情都交给我来判断并决定。

“从现在开始，让 CyberConnect 重生吧，**让它变成一个‘全能发展的制作公司’**。目前的游戏作品数量很多，被评价为‘像电影一样’，我觉得这绝不仅是因为画面的美观。在商业领域，游戏也可以和电影匹敌。今后游戏会更加普及，因此一定会有**品牌效应**，就像人们看电影的时候会关注导演和制作人员。我希望以后人们说起某个游戏是哪个公司制作的时候，能讲出**‘既然是 CyberConnect 做的，我就放心了’**这样的话。我们必须成为让人们熟悉并期待的公司，因此只做出好作品是不够的。为什么我们是一家能做出好作品的公司？在这一点上**我们要有自己的秘密**。让我们**对其他公司觉得理所当然的事情抱有疑问吧**，然后拥有和其他公司不一样的战略、不一样的获胜方式，成为一家特别的公司。

“今后我会成为宣传广告塔，站在对外的层面上，让更多人知道我们这家公司，让人们有一种‘说起 CyberConnect 就想起松山洋’的认知。我们要让公司的辨识度变高，让人们更容易记住。这件事无论在哪个公司都是由社长来做的。我们公司也要做出改变，如果还像之前那样以集体的形式代表游戏公司 CyberConnect，客户是很难记住的。人与人之间需要在意识上紧密地相连，以传达信息。我们要把愿景和梦想说出来，传达出去。当然，我明白制作公司应该用作品说话的思维方式，但觉得这是不够全面的。我们需要更深入这个行业。只是埋头制作好作品，好的结果不会自己找上门，我们需要在信息的宣传上做出努力，要直接和客户对话，把公司宣传出去。我们既需要发展，也需要宣传，让我们成为能做到这两点的公司吧。

“大家想怎么做呢？我想让公司重生，成为一家全新的公司，然后让《.hack//》获得成功。我不想就这样结束，也不想让公司这样结束。公司从建立到现在过了四年，我们还没有真正成功，也没有做出成果。甚至，我们还没有报答四年前对我们有信心，拉了我们一把的万代。我想以《.hack//》这个作品报答他们。让这部作品成为万代迈向十周年的重点 IP，让这部作品成为万代台柱级 IP，让这部作品获得巨大的成功。

“所以，让我们重生，成为全新的自己，成为特别的自己。大家让我当社长吧，然后跟着我。如果觉得不想，或不能接受的话也没办法，我们就这么解散。我已经把想做的都说了，大家想怎么做呢？”

全体成员讨论了几个小时，谈了很多。

结果，大家都赞成我的意见，我成了新的社长，以新的制度让公司再次启航。之后又讨论了很多事情，重新制定了社内规章和从业规则。其中有的判断和决定包含了我的独断和偏见，这些都成了现在公司制度的基础。

虽然遭到了大家的反对，不过最后我们还是更改了公司名称。

“（机会难得）我们给公司取个全新的名字吧？”有

的人提出了这样的意见。不过公司成立到现在四年了，我们也不想否定此前付出的一切，想把这些成果一起带上，在新的公司继续努力。

“取一个符合游戏公司风格的名字吧，就像游戏续作那样，独一无二的。”

我就这样做出了一个带点强迫意味（因为我是社长）的决断。

当时是二〇〇一年，新的公司，“全能发展的制作公司”CyberConnect2 重生了。

# 第3部

# 与烂游戏方程式的战斗

## 首先是学会“打招呼”！然后是不许迟到！

### 定下的新规则

•把指甲剪好，不能留太长。

•不能留让人觉得有威胁感的发型（比如莫西干头、金发、闪电发型等）。

•文身和耳钉不要多到让人害怕的程度。

•不要穿木屐和拖鞋上班（会发出咔哒咔哒的声音）。

•每天都要洗澡。

•要定期洗衣服。

•修剪好鼻毛，不要留太长。

•不要若无其事地把掉到地上的食物捡起来吃。

这些是在 CyberConnect 转变为 CyberConnect2 的时候，我定下的“社内规章”。当时我看着公司里的情况，觉得“这样下去不行，得定些规章才行”，所以提笔写了一连串规章，这些只是一部分。乍看之下有些内容或许令人难以置信，但其实是真实存在的现象。社内规章现在（从那之后经过多次添加和修改）还公布在公司的内网上面，是新人入职时的必读内容。我在定这些规章的时候，是以“首先要从根本上改变某些现象”为目标来考虑的。里面有几条是“最重要、最优先”的规章。

**工作的基础是“打招呼”。**

**“早上好”“辛苦了”这些话要完整地说出来。**

没错，就是这个，“打招呼”。可能会被大家笑话“你们公司是小学吗”，（笑）但令人意外的是，无论当时还是现在，这一点其实哪家公司都没做好，我和各种各样的公司里的员工聊过，也参观过很多公司，和各家公司的工作人员接触的机会不算少。

说真的，大家都没有做好“打招呼”这件小事，虽然这是我们刚上小学就会教的内容。可能大家不知不觉地认为自己“脱离俗世”了，因为在做特别的工作，觉得寒暄并不重要。不管怎样，没做好就是没做好，不行就是不行。

公司在以 CyberConnect2 为新起点再次开始运转时，我召集了所有人到空地上练习打招呼，让大家有意识地“以让别人听清楚的音量打招呼”。直到现在，只要公司有客户来访，我都会让所有工作人员大声地打招呼。如果没有注意到来访客户、打招呼声音太小，或是打招呼的时候没有转头面向客户，我就会在客户回去后把所有员工聚集到大会议室训话，并练习打招呼。因为这样很麻烦，现在大家都很注意，很少有人因为打招呼的事情被责备了。我非常重视打招呼这件事，对员工说：“无论你有多高超的技术、多强的工作能力，如果连打招呼都做不好，就是个不合格的人！”

新公司成立时，还有一件事让我印象深刻，那就是规定上班时间。现在 CyberConnect2 的上班时间是九点，以前没有规定具体的上班时间，所以大家来公司的时间各不相同。一开始（CyberConnect 刚成立的时候），大家都是坐同一辆车上班，到公司的时间都一样。之后员工逐渐增多，工资也能按时发放了，所以大家各自搭电车上班了。当时大家比较松散，早上无法早起，不能在同一个时间上班。

“反正每天晚上都工作到很晚，早上晚点到也没有什么吧？”

或许有人会有这种想法，但这么说的话就没完没了了。到底是早上起不来所以工作到很晚，还是因为工作到很晚早上才起不来呢？在这个行业里工作的人都无法做到早起吗？还是说无法早起的人都来这个行业工作了？

说到这份上，就变成“先有鸡还是先有蛋”的问题了。但有一点可以明确，那就是所有人都能早起上班比较好。

游戏开发就是制作游戏，一个人负责的内容和范围涉及很多方面。如果刚好要确认某件事情的时候，发现负责人还没来上班，就确认不了了。本来只要一秒钟就能确认完毕的事情，如果负责人不在，就得等着。游戏开发本来就是与时间赛跑，争分夺秒，大家都在的时间肯定越多越好。更不用说近年来家用机游戏的开发规模变得越来越大，这种“少我一个人也没关系吧”的想法日积月累，不知会造成多大的损失（我曾听说某家大型制作公司的某个开发团队，从项目开始到结束，一次也没有开发人员全部到齐的时候）。

所以，CyberConnect2 成立的时候，我特别强调："上班时间是早上九点！严禁迟到!迟到的话会被骂。"结果如我所料，员工们强烈反对，连 CyberConnect 初创时期的成员也反对。他们的理由大概是这样的：

"就算是社长，这样做也太蛮横了，这有什么意义？从没听过哪个公司会这样做，为什么非要让所有人都早起来上班？你得给个理由，如果这个理由能说服我们，你说什么我们都听，但要给我们一个能接受的理由。必须早上九点上班的理由是什么？为什么十点就不行？"

面对员工的这些质问，我心平气和地说道：

"我想对大家说，别老是觉得大人会解释所有的事情，这里不是学校，是公司。公司的最高责任人说九点上班，那就是九点上班，仅此而已。我不想讨论这个问题。

"还有，正如大家指出来的，确实没有必须九点上班的理由。就是这样，听明白了吗？没有九点上班的理由。要不然就八点上班吧，我上一份工作就是规定八点上班的，因为区政府和市政府都是八点半开门，所以就这样规定了，那不然就八点上班好了。”

我这么一说，员工们就说着“算了，还是九点吧”，然后各自回到座位了。

说实话，其实是有“九点上班比较好”的理由的。在我们游戏制作的工作中，最重要的一环是“海外业务”。我们把在日本开发出来的游戏软件本土化（制作对应各国语言和文化的版本）后，再销售到对应的国家，比如美国。但我们并不是直接去美国销售，而是委托给别的公司（当时是万代美国，现在是万代南梦宫娱乐美国，日本的公司和在美国销售的公司的对接是非常重要的）。

一般美国的公司多数是在傍晚五点（当地时间）结束工作下班，日本多数公司的上班时间是早上十点。美国当地时间的下午六点之后，那边的公司基本上就没什么人了，这样一来，美国和日本的沟通就会拖延一天。我们九点上班的话，就能在美国客户下班前和他们取得联系，当天就能确认很多事项，确认后再开始日本这边一天的工作。我其实是考虑到这一点，才定下了早上九点的上班时间。不过我觉得这并不是应该解释的事情，可以不用解释。

在 CyberConnect 工作的四年里，我通过不懈努力，习得了一身能力和知识，也得到了同伴们的认可。在决定担任 CyberConnect2 社长那一刻起，我就下决心不再做与制图相关的工作了。当然，心里其实很遗憾，还是想亲手做自己喜欢的事。但我说服自己，那样是不对的。

“既然当了社长，我就必须履行社长的责任和义务。我们还是一家默默无闻的小制作公司，我以后会负责公司全体人员的管理以及项目整体的监督。我的思考、行动、判断，以及决定，是大家必须听从的结论。这一定是非我不可的工作，是我的责任。即使我想画画，想做绘图工作，也已经没有时间去做了。所以，画图的工作就交给其他人来做，不一定必须是我。但是，对公司事务的判断和决定必须由我来做。必须明确责任，员工有员工的责任，我也有我的责任。既然这样，就像我信任你们一样，你们也要信任我才行。所有的事情我都会有理有据、深思熟虑、不断调查，从大局出发做出判断和决策，这点大家要知晓、理解并接受，但我不会对每一个决定都进行解释。这是相互的信赖和责任的分担，一开始大家可能会对某些事不满，觉得我太蛮横了。这时希望大家反思自己对待工作的态度，理解并想象一下，然后能有‘每个决定都是社长长期考量之后做出来的，相信社长，跟着他干’的想法。”

我现在依然是这样想的。

就这样，和许多“新规则”一起，

和某种层面上的“革命”一起，

CyberConnect2 迈出了前进的脚步。

带着新的制度成立的 CyberConnect2 的第一个制作项目，松山洋第一个担任制作总指挥的项目，**《.hack//》系列全四卷**，就这样诞生了。

## 想讲究获胜的方法！《.hack//》！

从 CyberConnect 诞生，到转变为 CyberConnect2 的这些年，我作为一个内容创作者，学习了很多知识，一直从事制图的工作。在制作《猫犬协奏曲》和《沉默爆破手》时，我只是一个普通的绘图人员。公司变成CyberConnect2，我变成社长之后，则是在工作的同时也担任项目的总指挥（监督）。不过说归说，因为当时公司人手非常不足，我还无法突然从制作团队退出。直到《.hack//》系列全四卷制作完成，我依然兼任制图工作。

我在《.hack//》系列全四卷的开发工作中，负责战斗背景的舞台设计，比如“马克阿努”“图纳罗利亚克”“卡尔米那加地利卡”“佛得阿乌弗”“命运之石”“网络贫民窟”等城镇和区域的制作，以及战斗场地、城堡的制作，还负责了被称作“八相”的八只异形BOSS的设计。剧情片段的分镜表、支线剧情和结局剧情的剧本等，也是我负责制作的。因为必须做的事情很多，我做了不同类型的工作。

从某种意义上说，这个项目是我对最喜欢的制图工作的告别。通过《.hack//》系列，我也重新认识了自己在项目中的作用。原本像我们这种成立仅四年，而且没有什么实际成绩的制作公司，别说开发PS2原创RPG游戏，能在这样一个TV动画、漫画、小说等多领域同时开发的大项目中处于中心位置，已经非常神奇。这种可以称为幸运的好事，一般不可能落到我们这种小公司头上。从《.hack//》项目的开始到结束，我们一直面对着问题和困难，也有努力、执着和奇迹。

问题①

当时的万代社长“老鹅”鹅之泽伸先生（也是原万代南梦宫副社长，现 Anime Consortium Japan 董事长兼总经理，以下简称老鹅）说：“烂游戏开发商万代想做原创作品，这本身就是错误的。所以你们（CyberConnect2）首先要通过漫改游戏借版权取得成绩。要是能成功，以后就可以尽情做你们想做的游戏了。现在先老老实实做漫改游戏，《.hack//》什么的就别想了，听明白了吗？”

问题②

负责《.hack//》系列全四卷剧本制作的伊藤和典先生一开始说：“嗯，游戏吗？最近我的工作多数是写电影剧本啊。游戏剧本的话，以前做过《育龙战记》，也知道是怎么回事，我不太想做了，所以你们去找别人吧。”

问题③

负责《.hack//》系列全四卷人物设计的贞本义行先生一开始也说："我不喜欢游戏，完全不想接这个工作，而且我也不懂，没法画出不懂的东西，所以我拒绝。"根本是想和我们一刀两断的意思。

写到这里，我忍不住感叹：真亏得这个项目最后居然能做成。（笑）我提到的这些都是事实。当然，每个问题和困难都通过我们的努力和执着得到了解决，在做出堪称奇迹的工作之后，实现了项目的成功。

下文提到的对前述问题的解决方法，也都是事实。

解决方式①

对万代，我们表达了自己的决心——将我们的信念和热情传递出去。

"我们已经有了觉悟。公司成立了四年，对万代也有感恩之情，我们想回馈这份情谊。很感谢您建议我们做漫改游戏，但是如果接受了这个建议，我们公司就真的不行了。我们想固执一点，想用《.hack//》这个原创游戏来决胜负，请让我们负责这款游戏的制作吧。即使接受制作漫改游戏的建议并获得成功，我们也找不到以自己的能力获胜的方法。是依靠原作角色本身的人气获得成功，还是因为我们做的游戏好玩、质量高而成功？这一点弄不清楚是不行的。现在我们需要的是‘获胜的方法’，所以想在这件事上坚持己见。如果这个项目做不好，无论是禁止我们出入万代还是以死谢罪都没关系，我们想通过战斗获胜，想九死一生（当然，我们完全不想死，绝对想赢）。另外，如果万代明白自己是烂游戏开发商，就不能只依靠别人授权的IP，而是要在之后的十年里拥有一个可以养活万代的IP，通过自己的IP来改变烂作开发商的形象，不是吗？可以让我们承担起这个任务吗？”

幸运的是，我们的心声得到了万代的理解，奇迹般地拿下了这个项目，终于可以开始制作了。更幸运的是，老[illegible]也是个充满激情的人，他接受了我们的决心，对我们抱有期待，在身后推了一把，使我们得到了前进的机会。

解决方式②

对于伊藤和典先生，我们采用的是“死缠烂打”的技巧。

我一开始对他说："我明白了，毕竟您很忙。不过我们会自己写剧本，您能帮忙指点一下吗？"他说："好吧，只是这样的话也无妨。"得到他的许诺后，我们就定期带着写好的剧本到伊藤先生那里，每次都被嫌弃："你们啊，完全不知道剧本这个东西该怎么写吧？"我们就说："抱歉，如果是您的话，会怎么写呢？"然后他就说："首先啊，情节这个东西……"每次都有这种关于写作要领的对话。后来差不多过了半年，有一次伊藤先生终于说："等等，这不变成我写了吗？算了，也可以。跟你们这样聊挺有趣的，我也明白了和以前相比，游戏开发的规模和技术都进步了不少。我来写吧。"不仅是《.hack//》系列全四卷，还包括后来的《.hack//G.U.》与其他项目他也参与其中，我们和伊藤先生合作已超过十年，估计他自己也没想到吧……

解决方式③

对于贞本义行先生，我们用的也是"死缠烂打"的技巧。最初被贞本先生拒绝的时候，我们说："明白了，感谢您在百忙之中拨出时间见我们。"然后就回到了博多。

两周之后，我们又来到 GAINAX："我们是 Cyber-

Connect2 的，请问贞本先生在吗？”当然，贞本先生很诧异：“咦，之前来过了吧，我不是拒绝了吗？”我们说：“是的，之前贞本先生说不知道自己设计的角色用 CG 表现出来是什么感觉，因此没办法设计，所以我们把绫波丽做成了 CG。无论从哪个角度看，这都是用 3DCG 做出的完美的绫波丽。可以请您看一看，然后说说感想吗？”这才勉强让贞本先生腾出时间。在得到他指点的时候，我们不禁感叹“真不愧是贞本先生”，真是太严格了。“你看，做成 CG 就会变成这样，这就是 CG 的局限性。这边用手绘应该是这样。虽然从这个角度看起来很完美，但从另外一个角度看就完全崩了，对不对？所以我才不喜欢 CG。什么？你觉得平面画出来的角色做成 3D 本来就有局限？怎么会，也有能把画师画出来的平面角色完美地再现，让它从每个角度看起来都很美的造型师啊。当然，不是所有造型师都能达到这种水平，我说的是其中一流的人。事实上在监修 EVA 手办的时候，我也见过好几个能做出让我感叹的质量的造型师。哎？你问我造型师的名字？这个啊……”这次引出了这个话题。

然后又过了两周，我们再次来到 GAINAX，贞本先生说："哎？什么？又来了?!为什么又要来？上次不是已经谈完了吗？"我们也以**铁一般的意志**回答："上次您告诉我们造型师的名字后，我们买来他制作的手办，以此为参考，重新修改了绫波丽的 CG 造型，因此想再来听听您的意见。"于是又勉强让贞本先生腾出时间，听取他的意见。之后过了半年左右，终于听到贞本先生亲口说："行了，我知道了。像你们这样充满热情的人，应该能满足我的所有需求。听了你们的介绍，我也学到了很多游戏界的知识。要先从哪个角色开始设计？我先说好，我不只是单纯设计角色，也要看剧本，要是剧本让我不满意的话，我是没办法画出好角色的。当然游戏的系统部分我不懂，就交给你们了。听好，首先我想象中的凯特这个角色……"就这样，角色设计一个接一个地完成了。

当然，不仅是这些，还有 TV 动画的工作、漫画的工作、小说的工作。当时万代的社长老鹈说："现在制作的《.hack//》只是游戏的话完全不够，需要和更多媒介一起带出热潮才行。在游戏开发的同时，能不能也贡献一些可以给动画、漫画或者小说用的素材？”我们回答：**“当然可以，我们之前就想过可能会有动画之类的，已经在准备了。”**

之后磕磕绊绊地做了企划书，到动画公司、出版社去探讨，整个项目就这样一步一步完善起来。每部作品都在一定程度上得到了认可，我们也在思考如何将所有类型的内容联动起来，与许多公司探讨了角色等等。**决定好的事情，就绝不说“做不到”。为了成功，要把所有能做的事情都做好。从不说“NO”。**

这在某种意义上可以说是带有执念的工作方式。甚至可以说，这究竟是不是工作，范围已经变得模糊起来。与此同时，我也悟出了一些东西。

“啊，这才是工作。原本工作就是不定型的东西，我们从无到有，创造出某种东西，这就是工作。做到这样就足够了、没问题了——并没有类似的保证或约定。以一般的方法，用符合常识的方法去做，会限制我们工作的界限。所以我们要把‘需要做到这个份上吗’的感觉变得理所当然，将这样的工作方式变成业界普遍的工作方式才行。以这样的标准去前进、去行动、去挣扎、去抓紧机会，做出用一般的方式做不到的事情。我们要直接和工作伙伴面对面，去对话、去合作、去把握质量，将我们的意志传达给对方，让对方也能感受到，然后一起投入到工作中。或许我的职责就在于此。这是谁都做不到，只有我才能做到的任务，也是只属于我的工作。”

就这样，从二〇〇二年开始发售的 CyberConnect2 原创 RPG 代表作《.hack//》系列，直到今天依然是备受众多玩家期待的作品。与万代约定的“做成一个可以养活万代十年的原创 IP”就这样实现了。

## 少年时代的梦想舞台！《周刊少年 JUMP》！《火影忍者》！

“这是个比我想象中更狭窄、吵闹和杂乱的地方啊。”

初次拜访《周刊少年 JUMP》编辑部的时候，我的感受就是如此。

同时，我的心里还想着：“好想告诉少年时代的小洋（自己）——十几年后，你将会和手里的《周刊少年JUMP》的工作人员一起工作。没错，你要仔细阅读这本杂志，一定会对十几年后的自己有所帮助。你以后肯定会想，还好以前每周都读《周刊少年 JUMP》。”

我真的没想到，竟然有机会做与《火影忍者》有关的工作。最初拜访《周刊少年 JUMP》编辑部是在二〇〇二年，当时是《.hack//》系列全四卷的第一卷发售前，我为了商量作品的事，来到了这里。那时虽然《.hack//》系列全四卷尚未发售，但从话题度和预约情况来看，我已经有了很强的成功的预感。当然，要等游戏发售后得出确切的结果，才能有下一步动作。不过当时我觉得，只靠等待是不行的。

“《.hack//》项目已经有成果了，可以说已经有某种预感，或者说看到了胜利的曙光。所以要趁现在有所行动，不能等《.hack//》的结果出来，确认后才行动，那样就太迟了。我要提前行动起来，好好思考，未来CyberConnect2 要做什么，怎么做。要思考，思考……

“在大约一年的时间里，《.hack//》系列全四卷就会陆续发售。在此期间，必须成立一个新的项目，延续《.hack//》系列之后的脚步。毫无疑问，我们必须做新项目。为了让《.hack//》这个品牌切实地被玩家记住，要制作新的《.hack//》，也就是续篇。万代应该也会赞成这个计划，我有这种预感，也会去努力。不过问题不在这里。《.hack//》我们会好好做下去，作为这个项目的延续。但重点不是这个，现在必须付诸行动的是别的事情。

“好好整理，好好思考。《.hack//》系列全四卷会有成果回报我们，这个作品毫无疑问是有趣的，会得到玩家认可，这点很好。但是这个项目也有时间上的问题，也就是开发周期的问题。《.hack//》项目包括游戏、OVA、TV 动画、漫画、小说、广播节目等多个平台，花费了近三年半的时间，问题就在这里。假设建立新的类似于《.hack//》的项目，开发会花多长时间？三年？还要再过三年吗？能想办法缩短这个周期吗？不，不对，这不是重点。或许通过努力，可以把三年半的时间缩短到三年，甚至两年半，但就算再怎么努力，也不可能缩短到一年。更别说这是多媒体同时开发的项目，要考虑的不只是我们公司花费的时间。合作伙伴越多，就越花时间。我们公司通过努力能解决一些问题，但也有解决不了的。如果接受‘新的项目需要三年左右的开发时间’，那在此期间要怎么办？难道要对玩家说，我们会努力做出好玩的作品，所以三年后再见吧。怎么可能。三年时间足以让一个小孩变成大人。如果为了新的项目花掉三年，大家都会忘记 CyberConnect2 这个制作公司。我们需要新的项目，不是《.hack//》，而是要把全新的 CyberConnect2 展现在玩家面前。

“要做什么？什么才是合适的？再做一部新的 RPG 游戏吗？不对，这样问题还是和前面一样。如果做一部新的 RPG，各种设定和制作还是要花三年的时间，这样就没有意义了，还不如去做新的《.hack//》续作。能花费三年时间的，有一个《.hack//》就足够了。不能是 RPG，我们需要一条新的生产线。没错，动作，动作类游戏，每过一年左右就能做出一部，并与玩家见面的游戏。另一方面，动作游戏也可以充分发挥 CyberConnect2 制作成员的优势。做什么作品比较好呢？

“想想当初老鸦说过的话。‘万代是烂游戏开发商，连从别人手里拿来的 IP 都没法做出好游戏。’没错，他是这么说的。现在的万代如何？自从他说这话起已经过了三年，有什么改变吗？不，并没有，完全没有变化。从现在我的角度来看，万代依旧是那样，现在依然每年都会发售被评为烂作品的游戏，这才是问题所在，这里就是突破口。我们要做出有着全新价值观的漫改游戏，甚至可以给万代做榜样。在漫改游戏中加入动作的主题，这才是足以称作 CyberConnect2 第二根台柱的作品。

“在成为大人的现在，我依然确信，像我这样热爱《周刊少年 JUMP》，同时玩过包括万代在内的许多公司发售的漫改游戏的人，是绝无仅有的。我从小到大玩过那么多公司做的漫改游戏，有哪一部让我满意了吗？并没有。倒不如说都是让我感到生气的游戏。这些手里握着版权、制作游戏的人，就算一次也好，有没有好好玩过自己做出来的游戏呢？真的觉得这样就可以，就满足于这种质量吗？我心里一直都有这种疑问，而且感到愤怒。我想做出可以颠覆这种想法的作品，要让所有人都感叹‘这才是漫改游戏的榜样’。我可以做到，我能做出饱含着爱与热情的作品。这样的作品一定能改变人们对漫改游戏的看法，我们公司要做出这样的作品！”

在得出这个结论的同时，我已经决定好要做什么新作品了。

有一部从一九九九年开始在《周刊少年JUMP》连载、第一话就让我非常喜欢的作品，这就是岸本齐史的连载出道作《火影忍者》。连载开始的第一话中有写着“可恶！可恶！可恶！可恶！”的文字框，我在看到它的一瞬间就想：“啊，就是这个！这样的作品我从小就很喜欢。以‘愤怒’为原动力爆发出无穷力量的作品，是我最喜欢的。想被亲朋好友、周围的人、世人认可的主人公——这部作品将这种共鸣与现在的生活完美结合起来，有着新的灵魂。我非常喜欢这部作品，毫无疑问。它一定能火，我想做和这部作品相关的游戏。”

就好像命中注定（虽然只是一厢情愿），我立刻做出了这个决定。其实我当时只是抱着刊载了《火影忍者》第一话的《周刊少年JUMP》，还在想怎么把它做成游戏呢。之后每周的连载我都非常认真地看了，虽然八字还没一撇，但我已经决定“以后我要和这部作品长时间地打交道，一定要以它为基础做出完美的漫改游戏”。我还从《火影忍者》的世界观和角色的设定中提炼出共同点，写在笔记本上，自己做了企划书的前期准备（这也挺有乐趣的）。

日子一天天过去，在漫画原作连载到“中忍考试篇”的时候，《火影忍者》公布了TV动画即将播出的信息。当时我们公司的制作成员有二十五人，我把其中二十人分成一组，另外五人一组。二十人继续做《.hack//》系列的开发，五人负责《火影忍者》项目的初期开发，主要是做企划书和项目初始准备。当然，人数不太够，于是在开发的同时，我自己到日本全国各地的专业学校和大学，一个人去开公司说明会。

当初设立CyberConnect的时候，大家都想着因为制作人数不足，只能把自己能做到的事情尽可能地做好，但我并不这么想。

**“我们首先要思考的不是自己的现状和条件，这和客户是没有关系的。我们一开始需要的是‘胜利的愿景’，要相信我们能获得巨大的成功。**在对待行业、对待客户，以及对待自己的时候，要知道怎样得到最合适的答案，还要让所有人都明白我们的愿景，这是最重要的。和花费三年制作RPG游戏相比，如果能用一年的时间开发出一款漫改游戏，而且能取得好效果的话，就成了能做到这一点的公司。制作人员不足？增加就好了。公司变大做事就会绊手绊脚，难以前进？怎么可能，‘选择变少’才是最不好的一点。不要卑躬屈膝，那样会妨碍自己的决心。首先要将自身变成能做到更多事情的公司，所以需要把人员增加到一定数量。”

得出结论之后，我马上行动起来。在《.hack//》和《火影忍者》的开发过程中，不断增加制作人员。在不到一年的时间里，公司差不多有了四十个人，可以让每个开发团队的规模都能达到二十个人左右。就这样，有一天我把所有的开发人员聚集到公司的空地上，对他们说了一席话。直到现在，我还是会对员工这么说：

“我在这个行业工作，遇到了很多人，学习和明白了很多事情，有些会让我极其震惊。比如在我自己学习和理解之后注意到一个问题：为什么多数漫改游戏都会被做成烂作品呢？这个谜题我现在终于明白了。漫改游戏完美符合‘烂游戏方程式’的定理，精准到几乎恐怖的程度。听好了，我现在要说的，是无法对小朋友们描述的可怕的方程式。你们是专业的，所以你们要接受现实。这个行业存在符合‘烂游戏方程式’的漫改游戏的事实。”

虽然还没说完《火影忍者》项目的事情，不过现在我要讲一讲“烂游戏方程式”。如果正在阅读本书的你还想保持“孩子的心理”或“消费者的心理”，可以不看我接下来写的内容。接下来是**“不知道也没关系的事”**。

如果不想知道可怕的现实，可以跳过这个章节，直接阅读下一章。下一章会继续讲述《火影忍者》项目的事情。只是，作为作者，如果我不讲这个“方程式”，就无法接着写《火影忍者》项目的经历。因此我必须写。如果跳过这一章节，直接阅读下一章也没关系，可以直接看到《火影忍者》项目的事情。

具体要不要读，就看作为读者的你的决定了。

## 如果可以，我不想告诉你们的“烂游戏方程式”！

**读到了这页，你就无法“以孩子的心理看待游戏**

**了”，也不能以“一个消费者的眼光”来对待游戏了。**

既然你可以接受，那么，我要开始说了。

首先，我要问大家，各位知道TV动画是怎么在电视上播放的吗？我说的不是电波之类的技术性问题。每周有那么多TV动画作品在早晨、傍晚、黄金时段、深夜时段播出，这些都是可以免费观看的。大家有没有对此感到疑惑？“为什么能免费看到这么好看的电视节目呢？”我从小就有这个疑问。我小时候很喜欢漫画，为了读到自己喜欢的《周刊少年JUMP》，我必须去买，必须花钱。去电影院看电影也要花钱，租DVD也要花钱。没错，看什么东西都要花钱。然而，只有电视（除了电费）是免费的。我从小就觉得不可思议，甚至会感到不自然。或许正因如此，这个问题才一直困扰着我，我想总有一天会明白其中的道理。

现在我明白了，业界的相关人士会觉得这是常识，没什么不可思议的，也不会抱有疑问。但我要面向普罗大众说明这个问题。

首先，TV动画要在电视上播出，必须要有庞大的制作费和资助费来支撑。制作费指的是制作动画所需要的费用。而将做好的作品放到电视上播出，就需要一笔资助费。因为篇幅关系我就不讲细节了，概括来说，制作费和资助费合起来就可以算是“赞助费”。这笔赞助费是制作并播放动画，让观众（免费）在电视上看到所必需的钱。

我举个假设的例子——比如某个出版社有一本正在发行的漫画杂志，上面连载了一部漫画，并且有了巨大的人气。出版社希望将这部漫画改编成 TV 动画，让更多的孩子知道这部作品，进而卖出更多的单行本；同时也希望制作更多的周边商品，获得更多的利润。这时，帮助这部作品动画化的赞助商就登场了。这些赞助商属于不同的行业，有服装企业、零食制造商、玩具制造商、文具制造商，还有游戏开发商。各个企业通过成为赞助商，获得了生产这部动画相关周边的权利。他们想要借助动画作品的人气销售与角色有关的商品并获得利益，因此支付了动画的赞助费，同时获得了商品化的权利。

另一方面，在动画播出的时段中，还可以插入各赞助商制作的周边广告。喜欢这部作品的孩子们看了动画，并通过广告知道了这种商品，于是就会购买。这样能给赞助商带来利润，赞助商就会继续赞助这部动画。正是通过这个模式，观众才能每周免费在电视上看到动画作品。

虽然我总结得很粗糙，不过先不管细节，TV 动画的播出程序大致就像我刚才说的那样。我们先不说其他行业，来说说游戏。游戏开发商为了拿到人气 TV 动画的周边商品生产权，需要付出多少赞助费呢？这个在网上查一下基本就能知道了，请大家自己确认吧。实际上，根据播放的时段、时段中的具体时间、星期几，以及电视台等因素，需要支付的赞助费并不是固定的，不能一概而论。一年大约需要支付数亿日元，在我所知的范围内有支付两亿的，也有支付三亿的。（还有别的因素，比如根据制作人员的不同，赞助费也会变高或变低。我只是举个例子让大家了解。）

对游戏开发商来说，赞助一部动画会产生巨大的收益，当然也会有坏处，我按顺序讲给大家听。

好处①

可以独占一部动画改编作品的制作权、销售权，没有竞争对手。

好处②

商品的目标消费者很明确，因为漫画本身已经有粉丝了。还可以从动画的观众年龄层来分析更详细的受众群体，方便制订宣传计划。另外，比起原创游戏，这类游戏的宣传费用要低得多。

好处③

在赞助的漫画或 TV 动画获得很高人气的时候，孩子们就会无条件地想要玩与作品相关的游戏。要是能形成巨大潮流，收益就会更多。

然而，既然有前面所说的好处，也就有反过来的坏处了，坏处的类型大致如下。

坏处①

游戏的销量会被漫画原作或 TV 动画的人气左右。游戏开发商在决定成为某部作品的赞助商之前，肯定认为这部作品能火，才会支付赞助费并取得游戏开发权，因此游戏开发商的期待值一般都很高。但漫画和 TV 动画依靠的是粉丝经济，很难长期保持一定的人气，甚至会有因为无法保持收视率而被腰斩的风险。

坏处②

游戏开发商每年都要付数亿日元的赞助费，所以必须每年都发售游戏，获得可观的销售额，才能收回成本。因此，开发周期必须控制在一年左右。如果没能在当年内开发完成，到第二年才发售，当年所付的赞助费就收不回来了，公司就会出现巨大的赤字。这是非常大的风险。

坏处③

游戏开发商要先支付巨额的赞助费，数额高达数亿日元，这本身就是很大的风险。

先不说现在，在 PS2 的时代，一部游戏开发的费用多数在一到两亿日元之间（当然，有些作品会需要更多的费用，但一般是这个数字）。假设有一个项目开发的费用是两亿日元，做出来的内容基本上就可以合格。但这两亿日元只是开发费用，并不是在这款游戏上花费的全部。这些开发所需要的费用，包括制作企划、背景、程序、音乐等，关系到游戏软件的设计、调整、排除 bug 作业、调整为完成版等。要让一款游戏面世，也就是销售出去，还需要其他的费用。

比如配音的费用就是额外计算的，包装和说明书的设计费也要另算。还有宣传费，如开展活动的费用、制作 PV 的费用、广告费，这些就更多了。这些费用加起来大概又要花掉一亿日元（根据作品的不同，这部分费用也或高或低，有些游戏不需要那么多，有些游戏则需要更多）。

两亿日元的开发费用再加上一亿日元的额外费用，有一定规模的游戏从制作到销售，大约需要花费三亿日元，无论原创游戏还是漫改游戏，这一点都是一样的。不管做什么游戏，都需要这些费用。

从这里开始才是问题。

请回想一下前文提到的漫改游戏坏处的第三点：漫改游戏除了开发之外，还需要支付数亿日元的赞助费，这也是游戏成本的一部分。假设赞助费是两亿日元，加上三亿日元的开发销售费用，成本会一口气膨胀到五亿日元。问题就在这里。你可能会想“一开始就定位成五亿日元的项目不就好了”，对吧？很遗憾，大多数游戏开发商都不会这么想。实际开发的费用是两亿日元，即使和别的费用加起来花了五亿，做出来的游戏也不会比其他作品更豪华，有更多内容。

因此从项目一开始，开发商就必须这么想：“这项目内容上只花了两亿，总费用却要五亿！这不行，得想办法！”你可能认为，就像我前面说过的第三个好处那样，游戏开发商认为这部动画能有人气，期待作品的热度，才会去付赞助费。但现实并非如此。你知道吗？大多数游戏开发商会为了“降低五亿日元的成本”而削减某些方面的开支。

两亿日元的赞助费？这不能少，少了就无法保证拿到游戏开发权。

配音费用和其他费用加起来要一亿日元？这也不能少，虽然努力周旋一下或许能少一点，但也是有限度的。

明白了吧，没错，**原本的内容开发费用两亿日元，削减的就是这里的成本。**能削减多少要看游戏本身，也许可以减掉一半，也就是一亿日元，这是最普遍的做法。也有削减到八千万或七千万的，甚至削减到五千万以下的也有。

讲到这里，大家肯定觉得，这是曲解了前面说的好处和坏处。

“既然我们支付高额赞助费获得了开发权利，又没有其他竞争对手，那这部作品的用户就只能买我们开发的游戏。可以说，相当于孩子们自动选择了我们的产品。而且这种作品不需要从零开始向玩家解释世界观和系统，只要用动画中登场的主人公或其伙伴们的必杀技，大吼着杀掉敌人，孩子们就满足了。更细节的游戏性也不需要。还有，必须在动画播出期间发售，如果这季度不发售就会出现巨大赤字。为了尽可能回收成本，游戏内容做一定程度的妥协也没关系。”

这正是“烂游戏方程式”的真面目。为了行业的名誉，我要再三声明，这只是举例，并非所有的开发商都这么想。在游戏界工作的人们都在跟这些问题和矛盾战斗。另一方面，在这二十年来，游戏界和开发商都在逐渐变化，现在基本没有依照这种方程式来制作游戏的公司了，这种作品也在逐年减少。

这一章讲的只是当时的我感受到的“方程式”，为了让大家明白，我以简单易懂、略带夸张的表现形式来说，请大家理解。

那么，我们回到原来的话题。正因为这种方程式盛行，比起原创游戏，漫改游戏的开发费用一般会从两亿日元压缩到一半，甚至四分之一，并以这样的状态开始整个项目。

当我进入游戏行业，知道了这种情况时，简直惊呆了，同时也恍然大悟“怪不得会生产出这么多烂作品”。喜欢的漫画作品动画化，并公布了游戏企划，曾是我最开心的事。发售日当天，我就会兴奋地把游戏买到手。“好想亲手打出那个必杀技！好想作为玩家，在游戏里体验一下主人公经历的名场面！好想沉浸在自己最喜欢的作品的世界里！”充满期待的我拿到游戏马上就开始玩，却在下一个瞬间充满绝望。“为什么？那么有趣的漫画终于动画化了，看了动画后，期待感更加膨胀，才会去买游戏！这些制作游戏的人为什么没有和我们相同的心情？为什么不能更加热爱作品，努力把游戏做好？”这种不甘心到失眠的感觉，直到现在我还记得。而在得知真相的时候，仿佛听到了心里有玻璃碎掉的声音。

“原来是这样啊。**大多数游戏制作者从一开始，就处在即使想努力也没办法努力的窘境里。**”

接受了这个事实，明白了这种绝望，我开始进一步思考。“如果大多数开发商在项目一开始就削减制作费用，以‘那样的水准’开始制作，那些喜欢那部漫画，沉浸在TV动画的世界里，然后付钱买了游戏的孩子，他们的期待该由谁来回应？为了从这种‘负面的循环与因果律的轮回’中逃脱出来，应该由谁来努力？没错，是我们，必须由我们这些制作者来回应。就算开发费用少、开发时间短，但能回应喜欢这部作品的孩子们的期待的，只有我们这些游戏制作者。我们必须和孩子们一样热爱，不，要比他们更热爱这部作品。喜爱这部作品的孩子们的‘代表’就是我们，同时我们也是‘最后的堡垒’。如果我们放弃了，这部作品就完了，又会卷入因果律的轮回中。所以我们要斩断因果律，破坏这个负面的循环。准备好了吗？有所觉悟了吗？听好了，我们要改变这个世界！”我对所有的制作成员如此宣言。

于是我们在二〇〇二年，开始制作PS2专属的游戏《火影忍者：木叶的忍者英雄们》。

## “成功的方程式”！就像那位漩涡鸣人一样！

从当时（二〇〇二年）到现在，我总会定期和员工讲一讲“烂游戏方程式”的话题。以当时的游戏行业为背景，说出我自己的理解。我讲的时候非常小心，也很耐心，为了让员工们的工作状态不被当时的真相摧残，为了让大家拥有爱、勇气、战略与胜算，为了让大家在知道“那个事实”后，依然可以站起来，笔直向前走。

就这样，CyberConnect2 的《火影忍者》团队成立，并开始了系列游戏的制作。从二〇〇三年发售《火影忍者：木叶的忍者英雄们》到现在，差不多已过了十五年，每年都会制作出一部作品并销售。《火影忍者》系列成了全世界玩家都喜爱的游戏，全球累计销量已达一千三百万张，可以说是热门大作了。

特别是从《火影忍者疾风传：究极忍者风暴》开始转移到 PS3 平台后，我们做出了超越以往水平的“超·动画”的画面，将对原作的热情体现得淋漓尽致，也运用了更高的技术，在全球收到了比前作更高的评价，还得到了“文化厅媒体艺术展”的优秀奖。《火影忍者》系列是 CyberConnect2 在全球崭露头角的契机，也是将我自身的强烈信念和热情灌注到漫改游戏中的代表作品。当然，只有信念和热情是无法成功的，只靠我们的力量也无法走到现在。我认为，《火影忍者》系列的成功秘密大致有四点，现在我按顺序给大家讲讲。

成功的秘密之一：

与万代，以及万代南梦宫之间的信任关系。

这是最重要的。首先，我们开发者，也就是制作公司和万代这个发行公司的关系变得不再普通。正因如此，我们才可以获得良好的制作环境。当时的万代南梦宫对我们抱有期待，而且信任我们。他们对我们的照顾与合作，已经达到了从常识上无法想象的程度。当然，这种关系是通过每次开发作品逐渐形成的。他们给的制作费用有所上涨，还调整了制作周期，将每部作品的制作周期调整到一年到一年半左右。根据情况还可以同时制作两部作品，并将制作周期调整为两年。

万代南梦宫给了我们技术支援，在必要的开发器材和工具上也从不吝啬。更令人感动的是，他们为了理解我们“理想与现实”的想法，一直在努力。他们在信息共享上做到了百分之百，还为我们操心许多事情，对我们充满期待。

万代南梦宫让我们参与游戏宣传的构思，并一起参与全球的宣传工作。我们公司的年轻员工出现了失误，他们也会诚恳地批评指正。我觉得我们回应了万代南梦宫的期待，也有所成长，做到了自己想做的事情。

成功的秘密之二：

与集英社、东京电视台、Studio Pierrot 这些版权方的相互信任。

这些版权方同样也对我们公司充满期待，这离不开万代南梦宫的努力。我特别要感谢集英社《周刊少年JUMP》编辑部当时负责《火影忍者》的责任编辑。这位老师从《火影忍者》开始连载起，就一直和岸本老师对接，并担任周边商品的监修。

有一段往事，直到现在还让我记忆犹新。当时我们每周都要去集英社开“监修会”，我把《火影忍者：木叶的忍者英雄们》的游戏画面打印出来，拿去参加会议。

当时这位监修老师说：“指头完全没有表现出来——

岸本也是这么说的——特别是脚指头，必须一根一根地画出来才行。你们回去看看自己的脚指头，从正面可以看到二指到小指，但只有大拇指的指甲是向上的，并不是五根脚指头都向着同一个方向排成一列。”

当时我反驳道：“请等一下，现在的游戏机，也就是PS2，脚腕以下的部分就没有分块展现了。虽然我们对脚指头的表现也是下了功夫的，但其实玩家在玩游戏的时候看不清脚腕以下的部分（因为太小，看不清脚指头是什么样），所以谁都不会去注意的。”虽然我做出了解释，但监修老师依旧坚持：“这种技术上的事情跟我说我也不懂，但我和漫画家本人都希望讲究这些细节，**所以希望你们也能以同样的心情来对待**。我们是在做《火影忍者》的游戏，我和岸本对同一个部分有意见，这很奇怪吗？粉丝们也会去注意细节的！”听到这些话，我就无法反驳了。当然，我也理解他们说的道理。回到公司后，我将这个意见告诉了员工，然后重新把角色的脚指头一根根做好，其他的部分也调整得更加细致了。

没错，这让我再次认识到“我们是在一起制作同一部作品”。监修老师对细节讲究到如此地步，着实让我震惊。这种认真对待细节的精神也让我们更加成熟。顺带说一件趣事，现在我有时还会和这位监修老师一起喝酒，他已经调到别的部门并且升职了。我们聊到当时的事情时，他说："哎呀，我那时还年轻，而且对游戏的事情一窍不通。现在想想，脚指头确实没人会看啊，绝对是松山先生你更有道理，真抱歉啊！"我则会说："不不，您言重了，比起这个，是您让我学到了对待作品和创作的精神，真的非常感谢！"

成功的秘密之三：

《火影忍者》原作连载的这十五年，每一话的内容都非常有趣，我真的是从心底里这么认为的，所以我们游戏制作者才有动力奋战至今。每周的连载都会让我感叹"啊，这周也是《火影忍者》最好看"。我对自己喜欢的作品从来不说假话，完全是发自内心觉得有趣。

在我接受海外媒体的采访时，经常有人问："为什么您能在《火影忍者》系列游戏的制作中灌注那么多的热情呢？"我每次的回答都是："因为原作漫画一直很好看，我每周都会从《火影忍者》中得到新的刺激。所以我们也会在制作游戏时讲究细节，思考每个场景每个剧情，然后就会有新的创意，再下更多功夫去实现它。”

这十五年真是快乐又享受的十五年。我喜欢岸本齐史这位漫画家，非常尊敬他。在《火影忍者》连载完结的时候，我想的是：“能在这十五年里一直喜欢这部作品，真是太好了。”作为《火影忍者》项目的一员，在连载完结的两年前，我就已经知道了接下来的所有剧情和结局。但即使知道故事将会怎样展开，每周看到连载依然觉得非常有趣。漫画原作以及这个项目的全部，都是超出我想象的高质量制作，真是一部非常棒的作品。

成功的秘密之四：

公司的制作成员和我一样喜爱《火影忍者》，同样在制作中讲究细节，保持着热爱一直坚持奋战至今。游戏不是一个人能做出来的东西，无论作为制作总指挥的我提出怎样的指示，告诉员工应该修改哪里、重做哪里，如果没有能实现我的需求的人，也依旧无法完成。我的员工们不仅能回应我的需求，有时还能更进一步，达到超乎我想象的质量。正因如此，我们才能不断做出优秀的作品。

我曾对员工说："听好了，大家绝对不能放松，不能每年都用同样的方式制作《火影忍者》系列的新作。所以为了制作新的《火影忍者》游戏，团队每年在开发完一部作品之后，都会解散重组，以新的成员再次组成新的《火影忍者》团队。不能说'上次就是这么做的，要是他还在就好办了'之类的话。我们要重新构筑新的人际关系，以此来开始新项目，不然就没法做出新作品。我们每年都在做《火影忍者》游戏，所以要全心全意投入新作中，忘记前作的那些事，绝对不能放松，别把做《火影忍者》当成理所当然的工作。不能习惯它，而是要时常挑战它。不能墨守成规，要打破旧的规则。要一边战斗，一边前进，就算倒下也要维持着向前的姿势。"员工们每年都能响应我的做法，用心讲究细节，始终不放弃地坚持到最后，一直向前奔跑，就像漩涡鸣人一样。

当然，成功的秘密不仅是这些。还有更多的人在支持我们，也有更多的人参与到项目中，推敲作品的细节。每个人都对作品充满热爱，才能让这个系列走向成功。

正因为如此，我们才能直到现在依然制作着《火影忍者》游戏，我相信以后也能继续做下去。

要做到什么时候？我也不知道。

但至少，我不会说出“《火影忍者》的制作差不多要结束了”这种话。

绝对不会。

# “朝令夕改”！尽管来吧

第4部

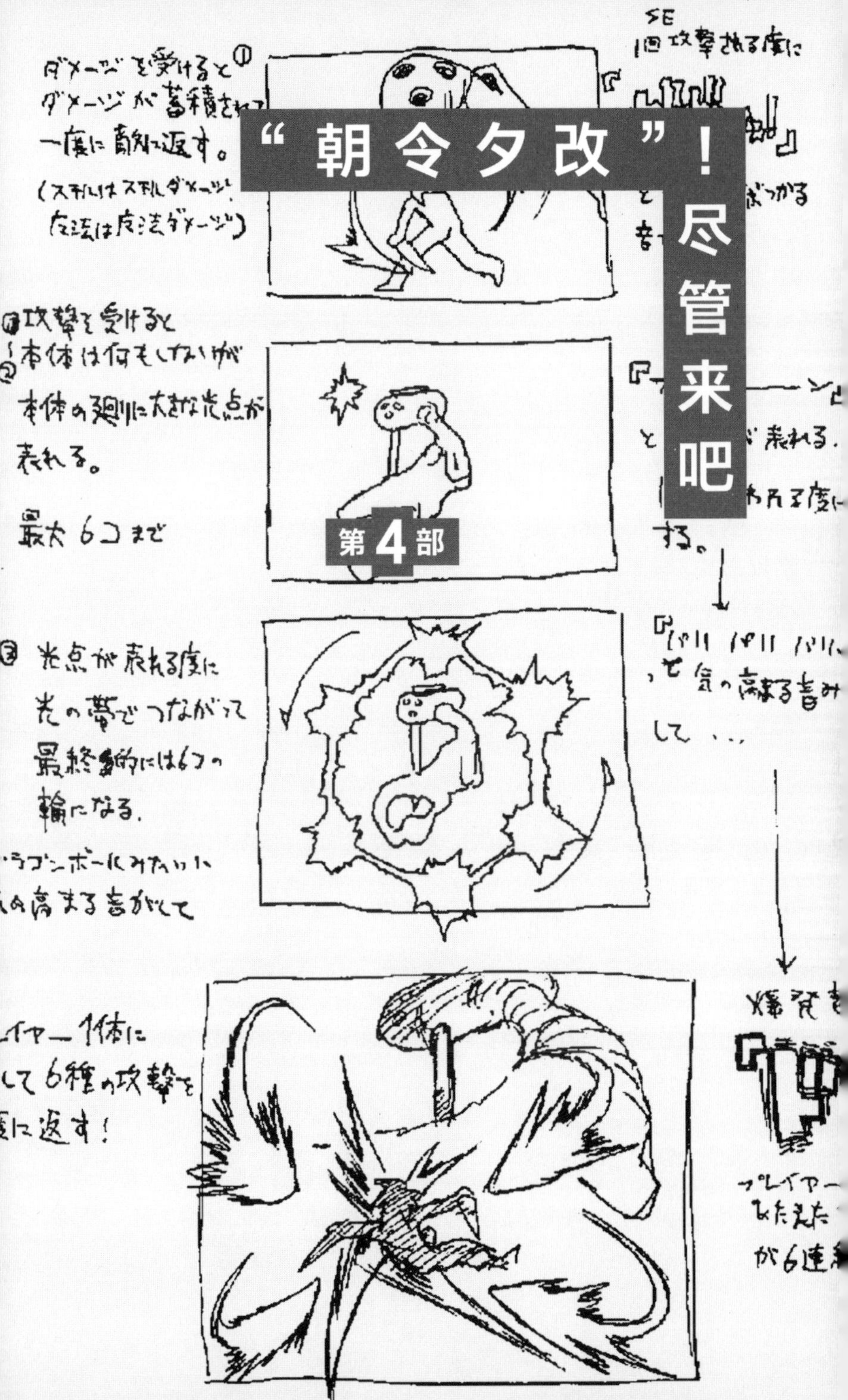

## 可以用《火影忍者》的引擎来做吗？我拒绝

《火影忍者》项目成了全球的热门作品，我也因此认识了很多人。幸运的是，同时也收到了许多客户（来自世界各地、各行各业）的订单，让人很高兴，也很欣慰。

别人找你合作应该是件令人高兴的事，但其实也有烦恼。在《火影忍者》大热之后，我接到的工作委托多数是从“请问你们公司最近有档期吗？有一个项目非常想让你们做”开始。当然，也不是说马上就要做，而是先谈一谈。不过，接下来的对话内容，基本上都是以下几个模式之一。

模式①

“明年有个企划估计会拍成电影（或者动画），我们想把它做成游戏——用《火影忍者》的引擎，即用那样的动画画面，用那样的格斗动作来制作游戏。”

模式②

“我们手上有个现在正在播放的动画的版权，本来是给别的公司开发的，但那家公司只做了一半，因为某些原因做不下去了。你们可以把这个游戏继续做完吗？希望你们能用《火影忍者》的引擎把这个游戏做完。”

模式③

“我们是某部作品的版权方，这部作品的原作者看到你们制作的《火影忍者》，觉得非常棒，说是如果作品能游戏化，一定要交给你们来做，你们可以接吗？”

真的很感谢这些给我们工作的人，特别是第三种模式，可以说是游戏制作者最大的幸福了。作家老师（原作者）亲自指名要我们公司来做，我真的非常高兴。

不过，并非所有的事情都可以答应。虽然这些工作我也能接下来，但心里还是觉得，这样是“不对的”。**成为“能被人选上的公司”的同时，自己也应该是一家**

**“有权选择工作”的公司**。听到作家老师那么说，我高兴得都想跳起来了，但同时也会想：“就算以那部漫画为基础改编的游戏由我们公司来做，可那部作品能像《火影忍者》一样，无论游戏、漫画还是动画，都能得到人们长时间的喜爱吗？”我还会想：“我们能把它做成其他公司做不出来，只有我们才能做出来的游戏吗？”而对于第一种或第二种的模式，作为企划合作者的公司（开发商）“能和我们有相同的觉悟和责任感吗”？特别是第二种模式的要求有点出格了。第一种模式那种“用《火影忍者》的引擎来做”的说法，我更是非常厌恶。

或许大家会觉得“哇，松山这人也太严格了吧”。其实并非如此。请回想前文，我认为做漫改游戏要比做原创游戏更有责任感和觉悟。

为什么那么多人会说“用《火影忍者》的引擎来做”呢？在经过详谈和确认之后，果然大家的想法都是一致的。大家都想轻松迅速地做出一个游戏，成本尽量低一点，开发周期尽量短一点。大家都在想，既然《火影忍者》的引擎已经做出了成绩，那只要交给我们公司，用这个现成的引擎做别的游戏也是可以的。每次接到这种工作邀约，我都会这么回答：

“非常感谢，很高兴接到工作的邀请。当然，我也看过这部漫画，非常喜欢，很期待TV动画的播出。关于游戏化的事情，首先我不赞成使用《火影忍者》的引擎，要做的话就从零开始。因为那个引擎是为了《火影忍者》才做出来的，我们思考如何以游戏的方式最大限度地展现《火影忍者》的魅力，从而制作出来并使用至今。这个引擎与您刚刚提出来的企划是不适配的。即使能做，也会让整个游戏看起来缺乏内容。如果想把这个企划做成游戏，就要做好心理准备，预估好时间，拿出足够的预算好好来做，不然对作家老师和粉丝都是很失礼的。还有，我们肯定是一个比您想象中更麻烦的公司。可能您会觉得我们公司‘很任性’，但是制作游戏是一种如果不任性就做不好的工作。您有在今后的十年里，和这部作品同生共死的觉悟吗？我们是以这种觉悟在工作的，也希望合作伙伴有同样的觉悟。我觉得这才是‘开发’一部作品。而且，为了回应原作者及粉丝的期待，我认为这种程度的觉悟和热情是必需的。不如说就是需要从这种觉悟和热情开始培养，您觉得呢？”

这样讲完后，大家一般都会说："那以后有机会我们再合作吧！"

大家的心情我不好猜测，不过这种讨论一般只进行一次就结束了，不会再有后续。从小时候开始，我就在想，一部作品游戏化的时候，游戏制作者就是这款游戏最后的堡垒，必须是比任何人都热爱这部作品的人才能制作这款游戏，不然没办法萌生出对抗不利状况或逆境的力量。失去了本心，就一定会有更多不幸的作品面世，必须斩断这种负面的连锁效应。这十几年来，无论业界相关人士还是原作者、版权方，对我们说"要不要做这个企划"的时候，我都会坚持这个信念。当然，原作者或版权方一般不会直接来找我谈工作，基本上都是作为赞助商的游戏开发商跳过他们直接跟制作公司谈。我们也能听到原作者和版权方给予我们的肯定，但即使如此，也不是什么工作都可以接的。必须是与"最喜欢这部作品的人来开发"的《火影忍者》系列一样，灌注全身心的爱与热情的工作才可以接。没错，一直这么说的结果，就是我们一直在制作《火影忍者》系列。

这十几年来，我一直对版权方说："真的很感谢您，不过现在请允许我们集中精神制作《火影忍者》。现在如果做别的项目，我们可能无法发挥出全力。等我们公司更加壮大，有能力同时开发另一部游戏的时候，希望您再找我们公司合作。”

也有些版权方说“看来 CC2 除了《火影忍者》，不想做其他游戏了”。“不，并不是不想做。如果时机到来，我们也会竭尽全力再做一部游戏，这得等我们公司发展到拥有可以拿下其他项目的实力的时候。等到那时，请让我再与您合作。”十几年来，我一直这么说。没错，之后的某一天，我又来到了集英社。

我在那里宣布：

“之前，每次有人拿着新的工作来找我时，我总说‘我们还无法制作《火影忍者》以外的作品’。过了十几年，我们公司终于壮大起来，现在可以选择更多的工作了。这多亏了《火影忍者》项目，是《火影忍者》项目让我们公司成为可以‘同时制作另一款游戏’的公司。我曾说，等时机来临，我们将会主动寻求合作。因此，今天我来了。

“我们经过慎重考虑，决定做一个与《火影忍者》不同的全新游戏。用我们全部的精力，奉献出我们的一切，做出可以决定我们命运的作品。

“接下来，**我们将开始制作《JOJO 的奇妙冒险》！**”

这是二〇〇九年的事。

## 坎坷的命运!《JOJO 的奇妙冒险》! 正在路上

《火影忍者》与《JOJO 的奇妙冒险》最大的不同是连载的时间。一部作品的连载历史越漫长，涉及的相关制作人员就会越多。想确认一个细节，就得联系很多人，所以很花时间。

游戏企划案是二〇〇九年做出来的，但实际与（当时的）万代南梦宫签订合同并着手制作，是在二〇一一年。这中间大约两年的时间，我都在与各个相关公司就相关事项进行确认，以得到他们的许可。刚好在同一时期，这部作品的“原画展”和“TV 动画化”的企划也在进行，项目版权方进行了慎重的研究。

《JOJO 的奇妙冒险》从一九八七年开始连载，从那时直到现在，我一直热爱着这部作品，就像身体的一部分似的。在《JOJO的奇妙冒险》连载前，我就读过《巴欧来访者》，还有更早之前连载的《魔少年 B.T.》（也是他的周刊连载出道作），当时就被荒木飞吕彦这位漫画家的精神世界吸引了。当时的《周刊少年JUMP》称他为“鬼才”，他的独创性和新鲜感，已经足以让少年时代的我感叹万分：“他的魅力太突出了，其他人完全比不上。”

我有一段关于《JOJO的奇妙冒险》的故事想和大家说说，请允许我（堂堂正正地）岔开话题一下。当时刚好是《JOJO的奇妙冒险》第二部连载完结，开始连载第三部的时候。我把自己高涨的热情以粉丝信的形式，寄给了荒木老师。

信封里装了十几张纸，写了对漫画第一部、第二部的感想，还画了卡兹、乔瑟夫、西撒、莉莎莉莎、梅西奈、史比特瓦根、修特罗哈姆、史摩基等角色的插画。当时纯粹只是抱着“想支持画出这样有趣的作品的荒木老师”的心情，这也是我第一次作为粉丝写信。当时的《周刊少年JUMP》内页边缘写着“只能在《周刊少年JUMP》上看到荒木飞吕彦老师的漫画”，还有“粉丝来信请寄到这里”之类，也公布了地址。所以，我想把自己的心情尽可能传达给荒木老师，请老师以后也画出这么好看的作品，于是怀着激动的心情寄出了粉丝信。

过了几个月，发生了令我震惊的事情。有一张明信片寄到我家，寄信人是集英社。我仔细一看，上面用钢笔画着乔瑟夫·乔斯达的侧脸（很像单行本中章节与章节间的线条人物），还有手写的“感谢你一直以来的支持”，旁边有荒木老师的签名。

**“ううううおおおおおおおおおおおおおおおおおおおおおおおっ！！！！！！！！！！”**[①]

拿到那张明信片的瞬间，我感觉身体里迸发出了“兴奋的气息”。

但同时，我也在那一瞬间陷入了反思。

收到这么棒的明信片当然很开心，不过同时我也在想，自己是不是做了件给人添麻烦的事。

“不知道荒木老师给多少人寄了这样的明信片呢？因为喜欢而给荒木老师写信的人肯定不止我一个。当然，

---

① 《JOJO 的奇妙冒险》中的著名台词，译为“哇啊啊啊……”。

老师在明信片上画这样的乔瑟夫应该不会花很长时间。可即使如此，我为了支持老师而寄出的信，却还是占用了他的宝贵时间。画明信片的时间不就是从画作品的时间里分出来的吗？我真是个什么都不考虑的小孩子！寄信的自己心情轻松，老师却要花时间回复，真是太给人添麻烦了！”

直到现在我还记得当时深刻反省的心情。后来我再也没有给谁写过粉丝信，那第一次也成了最后一次。当然，现在我觉得即使占用了老师的时间，但为了表达对漫画家的支持，还是写信比较好，我支持大家写信。只是当时我一直在反省。

作为一个内容制造者，现在的我站在了可以接受工作邀约的立场上，但依然无法忘记当时荒木老师那种对待粉丝的细心。别人拜托我签名时，即使没有要求我写些什么，我也会在签名下方写上“感谢你一直以来的支持”，就像当年荒木老师写给粉丝的话一样。

以上就是少年阿洋的告白，反省结束，跑题结束。

让我们回到游戏开发的话题。我看了荒木老师的作品三十多年，以十几年来的游戏制作成绩得到版权方的期待和支持，有幸负责连载超过二十五年的《JOJO 的奇妙冒险》的游戏化工作。二〇〇一年，一切准备终于完毕，我们开始了制作。

当然，我们从零开始制作了全新的“为了《JOJO 的奇妙冒险》而生的引擎”。在 CyberConnect 刚成立时，公司的同伴们就都知道我是这部作品的粉丝。公司转变为 CyberConnect2 之后，员工也说“社长肯定会在某一天提出要做《JOJO 的奇妙冒险》的游戏”。当我在公司里宣布“接下来要做《JOJO 的奇妙冒险》”的时候，大家的反应是**“哎呀哎呀，终于说出来了”**，让我不禁苦笑了一下。

实际上，在这十几年里，面试某个员工的时候也出现过这类趣事。我问：“为什么不选择其他的游戏制作公司，而来我们这里呢？”他回答：“因为松山先生一定会做《JOJO 的奇妙冒险》的游戏吧？”我觉得很奇怪：“哎？你在说啥？还什么都没定呢！还没这计划呢！”他却反问：“可是，某一天会做不是吗？难道不做吗？”我只能回答：“呃，这个，我确实已经在‘到死之前一定要完成的事情列表’里面写上了‘绝对要做《JOJO 的奇妙冒险》的游戏’……嗯，所以，绝对会做！”这下他放心了：“所以我才会来你们公司，我就是想有一天能和松山先生一起做《JOJO的奇妙冒险》！”我记得当时自己直接说了句：“你这是有读心术吧！”虽然身边的人都知道我喜欢《JOJO的奇妙冒险》，但我一次都没有说过想做这部作品的游戏，真是太不可思议了。

开始制作这部游戏的时候，这些想参与的人自然都聚集过来，甚至不需要我去组织，对《JOJO的奇妙冒险》有感情与热情的人就自然而然地组成了一个团队，就像“替身使者会互相吸引”似的。制作游戏的日子有苦有乐，也伴随着坎坷的命运。就这样，在二〇一三年，《JOJO的奇妙冒险：全明星大乱斗》发售了。

现在我们也在制作《JOJO的奇妙冒险：天堂之眼》的征途中，和许多相关人士一起，面对这部有着漫长历史的作品，面对所有的粉丝。我们与热爱《JOJO的奇妙冒险》的制作组成员共同奋战，虽然还在路途中，但通过一点一滴的积累，加上对作品灌注了比以往更多的爱，让这个项目作为一部游戏、作为一部作品、作为一个商品，传递给更多的人们。

## 空想科学世界能行的！“Little Tail Bronx”！
# 即便是辛苦三倍也不放弃

最近经常有许多人（同行、媒体、粉丝等）说：“CC2 很擅长制作漫改游戏吧？”

既然客户这么说，或许我们公司给外界的印象真的是这样。不过如果有人直接跟我这么说，我会回答：“不不，虽然您这么说，但我们公司做的漫改游戏其实只有《火影忍者》和《JOJO 的奇妙冒险》而已，其他全是原创作品。”或许因为《火影忍者》和《JOJO 的奇妙冒险》存在感太强烈，我们公司才会给人这种印象。当然，我还是很感谢客户的夸奖，毕竟好印象就是树立品牌的核心。

原本 CyberConnect2 的主要工作是原创游戏的企划与制作，之后才开始有机会做漫改游戏，这才是正确的顺序。说到底还是印象的问题，毕竟《火影忍者》和《JOJO 的奇妙冒险》的用户认知度更高。除了《.hack//》，我们的原创游戏也没有哪一部成为热门大作。我们也想更加努力，用新的原创游戏创造出成绩。

从 CyberConnect 成立开始，我们就有一个原创的主题世界，叫“Little Tail Bronx”。CyberConnect的处女作是《猫犬协奏曲》，后来在任天堂DS（以下简称NDS）平台开发了《天空机器人》，还有针对智能手机平台的RPG游戏《小尾巴物语》，以及福冈县的防灾吉祥物“小守”，这些作品和角色都是以“Little Tail Bronx”为背景展开的。按时间排列的话大致如下。

1998年 《猫犬协奏曲》(PS游戏)

2004年 “小守”(福冈县防灾吉祥物)

2010年 《天空机器人》(NDS游戏)

2014年 《小尾巴物语》(智能手机APP)

这个“Little Tail Bronx”的统一世界构想萌生于《猫犬协奏曲》发售之后。我想把这个游戏中的世界构建得更加具体，就自己写了一些剧情和设定。上述的项目都是以这些设定为基础的。

①这是一个以“猫族、犬族”为主体，兽人们（角色）生活的世界。

②他们在“漂浮的群岛”上生活。

③这里有他们自己的文明和历史，在生活和工作中使用“机器人”。

这三点是基本设定，还有几点细节。

④这是离我们现在生活的世界约四千年后的未来。

⑤那些“漂浮的群岛”的设定对应我们现在各个国家的文化。

⑥以某个事件或现象为契机，人类都变成了兽人，但人们并没有这个事件的相关记忆。

后面这三点是世界背后的设定。先不管这三点（每部作品和世界观必须玩过后才能体会），我们先看前三点。“兽人”“漂浮的群岛”“机器人”一直是阻碍这个系列，使其不能变成热门大作的原因。总而言之，就是太小众。

“既然知道问题出在哪儿，那针对这几点进行改善不就好了吗？”也许大家会这么想。关于这个问题，其实我自己也有点难以抉择。正如前文所说，近二十年来，我们定期以这个世界观推出作品，但一直很难有人气。也有相关人士一直（嫌弃地）对我说：“这三点设定（兽人、漂浮的群岛、机器人）门槛太高了，至少压缩成一点吧？‘兽人’果然还是太难被人接受了，市场太狭窄。再加上‘漂浮的群岛’和‘机器人’这种毫无普遍性的设定，太小众了！”虽然一直被这么说……可是我们不觉得小众啊！一直以来都是以这个设定来做的，我们还不想放弃。即使被说成小众，我们还是打心底觉得“兽人、漂浮的群岛、机器人”这三个要素是能火起来的。或许只要改变制作方式、表现方式、加工方式，就一定能成为热门大作。我们一直坚信可以做到。小众和大众仅是一纸之隔，我们甚至认为，打开道路的瞬间，就会到达其他竞争对手尚未涉足的蓝海。所以我们还没有放弃，认为这样的设定能行。

不过这个世界没那么容易，不是想做就能得到结果和共鸣的。我们会慢慢花时间，相信自己的“感性”，一边虎视眈眈地盯着“那个时刻”，一边准备着、前行着。虽然拘泥于过往的人很难到达新的层次，不过我们相信，这份坚持总有一天会感动世界，我们对此坚信不疑。对我们公司来说，有这样一个企划挺好的。

## CC2 是万代南梦宫集团旗下的企业？
### 卡普空与《阿修罗之怒》

一直以来，我们都在做万代南梦宫游戏（当时）和万代南梦宫娱乐的项目，因此有些人认为 CyberConnect2 是万代南梦宫集团旗下的企业（真的有这样的人）。我想在这里说明一下。我们公司和万代南梦宫之间没有资本关系，不是他们的集团企业，也不是关联企业。不过，我们的关系和信任感比一般的公司之间好很多。CyberConnect2 是独立的制作公司，与任何机构和个人都没有资本关系，是松山洋担任社长、独自负责的独立公司。我们基本上没有欠款，也不进行投资。我们没有公开募股，未来也不打算进行公开募股。因此，无论和谁谈工作、接什么工作、做什么决定，都是我们的自由（不过也有业界人情在）。

在这二十年里，我们只有一次为万代南梦宫集团以外的发行公司制作家用机游戏，那就是与卡普空一起开发的体验型武打连续剧《**阿修罗之怒**》。这部游戏二〇一二年在PS3、XBOX 360两个平台全球同步发售。这是一个以“愤怒”为主题的游戏，不仅有动作类元素，还可以让玩家体验电视剧般的连续剧情。这部游戏从二〇〇九年开始制作，卡普空的项目负责人也是看到《火影忍者》的最新作（《究极忍者风暴1》）之后联系我们的。卡普空代表的第一句话就是：“看到你们做的《火影忍者》游戏，真是让我深受感动，马上就来联系你们了。要一起做个新游戏吗？”我一开始的回答是：“由于我们还不知道彼此的情况，建议先互相了解各自的长处和短处，之后再开始谈工作。我想在充分地互相了解后，再考虑企划的事情。”他也同意我的说法：“你说得对，我们先好好了解对方吧。”于是在接下来的一年里，我们真的没有做任何游戏制作的工作，而是到彼此的公司里拜会形形色色的人，在各自的公司里举办技术交流会。

在这一年里，我和卡普空的许多工作人员聊过天，其中有一次让我印象非常深刻。

那次刚好卡普空来福冈举办某个游戏的相关活动，这个游戏的开发成员也来到福冈，我们一起吃饭。双方各去了五个人，合起来就是十个人的饭局。我们公司有我、宣传负责人，还有三位开发成员。那位负责宣传的女生姓百武（hyakutake），这在九州也是罕见的姓氏。向万代的人做介绍的时候，总会听到“哦哦哦，好罕见的姓氏（失礼）”或“没有把名片做成金色的吗”之类的玩笑话。当然，卡普空员工也说“啊，这是个万代会喜欢的姓氏呢”，然后开始讲机动战士的梗。但让人吃惊的在后头，这个话题一直没聊完，接下来他们开始这么说：“日本人的名字大多来自当地或本人所做的事情，比如松山，可能就是住在山里的人，家门前有棵松树，于是被大家叫作松山。因为以前的人们是没有姓氏的，后来肯定就是用这种方法取姓氏的，比如小嶋的由来大概就是山里有一只小小的鸟。百武小姐的话，既然是百加武，那可能不是土地的名字，而是有这么一个家族。这肯定是个精通各种武功的家族，毕竟是一百种武艺，对吧？在战斗的时候死死盯着对方，一边观察，一边伸出手臂摆架势，呢喃着：‘十武，不，八武……’看对手有多强，然后使用对应的战斗方法。因为太强了，所以一边说着‘真想遇到一个能让我使用百武（hyakubu）的男人啊’之类的话，一边把敌人全杀了。这个人一定对自己的武功感到痛苦，因为太强大了。毕竟是精通一百种武术的一族，肯定会痛苦的。”没想到吧，只是听到一个姓氏，卡普空的人就能想到这么多，一般人会想这么多吗？十武是什么啊！那要是百武（hyakubu）的武字读法变一下，读成百武（hyakutake）的话，这是什么豪鬼[①]吗？得多痛苦啊？！他们的想象力真是让人佩服。

我从内心深处感到震惊。只是一个饭局，只是在闲谈，竟然能从如此日常的细节引发创造力，让我非常尊敬。在如此来往了一年后，我们开始细化企划，然后开发了差不多两年，《阿修罗之怒》便制作完成。

正因为是卡普空和CyberConnect2联手开发，才诞生出独一无二的作品。在制作的时候，他们也说：“不要把这部作品做成普通的游戏，难得我们联手，就

---

① 卡普空的格斗游戏《街头霸王》系列中的角色，有“拳之极者”“鬼神屠灭之拳”的称号。

做个其他公司绝对做不出来的游戏吧！就算制作完成，面世后被吐槽‘这种东西才不叫游戏’也没关系。让我们做一个出格的项目，毕竟卡普空一直以来只做‘遗留在历史上的大三振’和‘飞往宇宙的大全垒打’之类的作品。”和卡普空一起工作，遇到的事情都是新的，也让我们学到了很多东西。无论开发、企划、宣传还是营销，全都值得我们学习。虽然我经常觉得“那些人真像CyberConnect2 的人啊”，但有时也会有“这是什么老土的想法?！他们真的在用这种方式和世界战斗吗”这种毫不与时俱进的念头。今后卡普空也会一直这样下去，希望以后还能有机会和他们一起，做一个“让全世界都感到震撼”的项目。

## “帅气地工作的方法”和“大人的借口”！

### 社交网络游戏就是垃圾

“社交网络游戏就是垃圾，我死也不做！”

我有段时间确实是这么说的，那大概是在二〇一〇年。当时智能手机不像现在这么普及，或者说正在开始普及。当时还是功能机的天下，翻盖手机的普及率是压倒性的。这也是日本开发的家用机游戏在全世界销量开始下滑的时期，整个社会的话题都是社交网络游戏，许多游戏公司开始改变方向，转向社交网络游戏的开发。当时，我自己也玩了不少（流行的）社交网络游戏。多数游戏都可以从免费玩起，然后根据需求充值。我玩这些游戏的目的是研究，如果自己不去体验，就不会知道这是什么东西，也无法进行判断，更没有发言权。但我在玩了各种社交网络游戏，也尝试了充值之后，心中的感受是“这根本不是娱乐啊”。我心中的娱乐，或者说 entertainment，应该是这样的：

<所谓娱乐>

①要思考怎样吸引玩家的目光，让玩家想要这款游戏、想玩这款游戏。

②想出内容的企划（系统、角色、世界背景），并制作出来。

③为了实现这个企划，需要学习和掌握相应的

技术。

④完成、销售、宣传这个游戏。

⑤从销售结果来看作品是畅销还是卖不出去。

就是这样的顺序，正因为不知道最后能否卖得出去，才令人担心。无论在游戏行业做了多少年，对这点真的是完全没有办法控制，只能一点一滴地积累经验。不过极端点说，娱乐行业就是这样的。可是，这和（当年）我对社交网络游戏的感受正好相反。

<所谓社交网络游戏>

①考虑如何才能大卖、赚钱（变现）。

②思考变现的方法，例如抽卡、充值购买道具。

③思考能让玩家顺利充值的系统。

④按照这种游戏性设定世界背景和角色。

可能看起来有点粗暴，不过当时我的看法就是这样，没办法。同时我觉得“这跟我讨厌的自动赌博机很像，一开始就能让商家变现，完全没有娱乐性。只要玩家按下按钮，明明是绝对不可能失败的做法，但他们觉得这是‘成功’。这让人厌恶。我们公司绝对不做这种游戏，完全没必要，不用再说了”。所以才有开头那句“社交网络游戏就是垃圾，我死也不做”的发言。

我无论在什么场合、对谁说话，都会先分析并思考，然后才把自己的想法说出来。因此，我从来没有后悔过。当然那时候也是如此。事实上，这些年来我的想法完全没有改变，在公司里也和员工说过相同的话。

不过，之后过了几年，那位老鹈是这么对我说的：

“你那样想不对吧？就算是体验过、分析过，但也只是以用户的视角去体验吧？怎么能说出那种孩子气的话呢？你是 CyberConnect2 的社长吧？是个**内容创作者**吧？**那就要做出来以后再说，**什么都没做的人光靠体验和分析就得出结论，这不对吧？因为你是内容创作者，要认真做出东西去一决胜负。**你要是觉得那种游戏不行，就做出一款来看看。**要是做出来的游戏畅销了，收益高，你还觉得是‘垃圾’的话，那就说‘虽然赚了很多钱，但我还是觉得这种游戏不好，我们不要做了’，说完再停手。这才是内容创作者啊，这才是你所说的‘帅气’，不是吗？”

这一番话真是字字刻骨，让我无路可逃。不愧是和我打了那么多年交道的人，完全了解我的性格。“可、可恶，完全无法反驳。您说得对，那么做确实比较帅气！”我认可他所说的话。之后我召集员工，对他们说：“好，你们来负责制作手机 APP！”大家震惊地看着我：“什么?!你之前不是打死也不做社交网络游戏吗？怎么突然这么说？”他们如此反应也是理所当然的。

“不，你们先等一下。现在的社会已经和我体验分析社交网络游戏的时候完全不同了，特别是智能手机的普及。以前的功能机在技术规格上确实没办法让我们尽情发挥能力，但现在不一样了。智能手机正在迅速地进化，已经可以顺畅运行 3D 画面，还可以支持很多表现形式。我们可以在智能手机平台上充分发挥力量。你们仔细想想，现在的 iPhone 价格是不是比 PS3 还高？世界上的玩家都拿着这么昂贵的‘游戏机’在外面走来走去，这在某种层面上，是‘迄今为止普及率最高的游戏机’啊。而且 APP 和需要外包装的商品不一样，没有物流成本，也不用担心库存风险，这完全就是新的商业模式。我们先做出来，去决胜负之后再思考也可以吧？而且今后家用机游戏可以使用社交网络服务，这会变得理所当然。不过我们肯定也会继续开发家用机游戏，不会就这样变成只开发 APP 的公司，我们要在这两方面一起努力。无论哪种游戏都要去学、去做，把每次开发得到的经验运用到下一个项目上。”

我就这样（直截了当地）喋喋不休了一阵后，员工们的回答让我感到意外。

“没事，你不用说了。倒不如说，你在说什么呢？从刚才开始就说些理所当然的事情。反正我们早就觉得社长你总有一天会这么说，毕竟智能手机这么普及，我们很难避而不谈。所以我们也做了许多调查，还做了准备。那么，先开始第一个作品，要做什么内容？”

哇，我真的无言以对。“我的员工真是太可靠了（就没信过我平时说的话）！！”我真是太感动了。我们经过很多试错、很多辛苦，下了许多功夫，终于在二〇一二年开发出了 CyberConnect2 的第一款手机游戏《罪恶之龙：罪龙与八个诅咒》，并成功开服。

发表游戏的时候、进行宣传的时候，遇到的每个人都问我：“咦？松山先生，你不是说不做社交网络游戏吗？”我每次都只能这么回答：

“……抱歉，我说谎了。”

## 无论哪个方向都要付出同样的努力！

### 家用机游戏与手机游戏

“大人不会说谎，只是会犯错误而已……”其实我也准备了这样的台词。某种意义上，因为有优秀的部下帮助，我们才成功开发了手机 APP。时间一年年过去，我们和各种各样的合作伙伴一起开发了各种各样的 APP，也一直在运营着。

我整理了一下，按顺序列给大家看。

《罪恶之龙：罪龙与八个诅咒》（RPG）（2012 年 10 月 ~），持续运营中

《暗影逃亡者》（动作游戏）（2013 年 2 月 ~2013

年 11 月）

《死神弥赛亚》（RPG）（2013 年 11 月 ~ 2014 年 5 月）

《痛击英雄》（ARPG）（2014 年 1 月 ~ ），持续运营中

《小尾巴物语》（RPG）（2014 年 3 月 ~ 2014 年 10 月）

《最终幻想 7 G-BIKE》（赛车竞速游戏）（2014 年 10 月 ~ ），持续运营中

六个游戏，有三个还在运营，三个停止服务（此时是二〇一五年十月）。三胜三败，算是实现了一半的奋斗成果吧。在手机游戏的开发中，我们真的学到了很多，既有辛苦也有欢乐，磨炼了将游戏开发完成并上线运营的能力。

就像我之前说的那样，“把每次开发得到的经验运用到下一个项目上”，从结果来看，这么做毫无疑问是正确的。确切地说，“在公司里设置手机游戏开发团队，与家用机游戏的开发并行，共享彼此得到的信息，共同进步”

是正确的。只做其中的某一种，就会错过很多东西。实际上，不仅智能手机的技术在不断进步，家用机的网络服务和技术也在变化。我们一直在积极共享双方获得的信息。

做到现在，我发现，如今自己对手机游戏开发的认识完全是网络游戏的感觉。先做好基本的东西，然后面对用户，一边进行开发和运营，一边每天与用户对话，从而不断进步，这就是网络游戏的运营方式。现在的手机游戏已经没有以前那种社交网络游戏的感觉了，以后也肯定会不断（以比家用机游戏更快的速度）进化，它的形式会一直变化和发展下去。

通过开发手机游戏，我认识到这也是游戏行业的一部分，甚至可以说是行业“目前的最前线”。

现在 CyberConnect2 的开发团队，每个月基本上都会有一定的变动，家用机游戏开发团队的人员下个月会到手机游戏开发组去，反之亦然。其他团队的人员也会对开发或运营中的手机游戏进行试玩和反馈。

毕竟大家在同一家公司里，有困难的时候总是要互帮互助。每个人也都时刻准备着应对突发情况或紧急事态。其实，我们公司所有员工的私人手机的机种也被统一管理，变更机种的话需要报给总务，并更新数据库。要是游戏出现什么紧急情况，可以拿出对应机种来测试，大家一起调查解决。

因此，在某种意义上，我们公司手机游戏的开发和运营是全体员工都要参加的。顺带一提，制作家用机游戏时，也是大家一起测试。不管是《火影忍者》还是《JOJO的奇妙冒险》，都会让正在参与其他项目的员工协助试玩，有时还会找平时不玩游戏的人，比如总务、人事、宣传广告人员等，来获取他们的试玩数据。做活动时，试玩的体验版也是这样测试的。

以后我们也会齐心协力、团结一致地进行各种游戏的开发和运营。

# 后 记

## 写给不知道该以什么为目标的你！

有的人会说："我真的不知道自己喜欢什么，如果能找到自己喜欢的事情，肯定能往那个方向努力。"有的人很烦恼，连自己该以什么为目标、该为什么而努力都不知道。

这时我会回答"没什么比这个更简单了"。

"我们先来说说钱的问题。大家每个月的零花钱会花在哪儿？每个月都有一定金额的钱可以自由使用，其中的大部分你会花在哪儿？你所花费的地方，就有你最喜欢的事情。时间也一样，每天的大部分时间你会用在什么事情上？你花费时间最多的事情，就是你最喜欢的事情。"

“我每天都在忙兼职，最近总是没时间玩游戏，也没时间看漫画、电影和动画。其实我想多看一点，就是太忙了。”这么说的朋友就不适合我们这个行业。“想多看一点”或许是你的错觉。你可以想办法直接在兼职的地方成为正式员工。目的和手段一般不会反过来。无论再怎么忙，还是会看动画和漫画，这才是真正的喜欢。

“我基本都花在买衣服，还有和朋友出去吃吃喝喝上了。”这样回答的朋友可以去时尚行业，或者做那些与人见面、谈话的工作，你可以成为最强的销售人员。

“我一直在学校学习，本来喜欢的游戏都玩不了了，很头疼。”有的朋友也会这么说。不过，果然还是要反过来。无论学习多忙，还能抽出时间玩游戏，才是真正的喜欢。真的喜欢的人两边都可以兼顾，我相信是可以做到的。虽然价值观因人而异，不过对于这世上的大多数人来说，最重要的还是金钱和时间。你把这些花费在什么事情上？为了什么目标去花费时间和金钱？

金钱和时间是不会说谎的。

“我觉得和家人与恋人共度的时间最棒！”这样说的朋友，请你珍惜自己的家人和恋人。

“我一天到晚都在上网！”这么说的朋友，请问你在网上看些什么呢？是看有趣的视频和文章吗？这些视频和文章是大多数人沉迷的娱乐吗？你在看最新的 CG 制作的动画预告片吗？还是好莱坞制作的影像？又或者是日本代表性的动画工作室的“神作画”视频？是看外国游戏制作者的访谈吗？还是看日本游戏制作者的访谈？你在看“为什么那部游戏可以大火”的文章吗？还是每周发售的游戏新作的评测？如果是这些的话，那你就和我们一样，来跟我们一起战斗吧。不知道自己到底适不适合这个行业？到现在依然有所不安、有所迷茫？没关系。

不知道自己到底是不是真的喜欢、没有自信的朋友们，回想一下这个月的自己。**你把大部分的金钱和时间花在了哪里？**

大家可能会有疑问：“这个行业的每个人都这么极端吗？”请让我来告诉你：

“大家都是这样的。”

据我所知，战斗在漫画、动画、电影、游戏行业最前线的人们（无论出名还是不出名），其中相当一部分内容创作者都是这样的。当然，业界里也有不少人并非如此。但以我的经验来看，这些人总有一天会从行业里消失，一直以来都是这样。他们会无法继续做这份工作，最后离开。“这里是行业的最前线，只有真正热爱的人才会留下来，不够热爱的人会离开。如果不能奉献出一切，就无法战斗下去。这绝不是轻松的‘战场’。”

## 创作着的人是最帅的！

“哎呀，我会不会说得太严格了……听了我的话，会不会谁都不想来游戏行业了！”

于是，我自己（在脑海里）重读了一遍，又重写了一遍。然后又觉得“不对不对，事实上就是这么严格啊，本身就不是一个轻松的行业。如果大家都不说实话，很多想进入行业的人，可能连自己为什么不合格都不知道就放弃了。要把最前线的工作现场实际发生的事情、正在发生的事情，人们思考的事情、期待的事情都明确地、公正地说出来才行”！这么想过之后，我又重新改了一遍。就这样重复改了好几遍，把我觉得“这里可能会让人误解。啊，这里果然还是太唐突了，得按照顺序解释比较好”的地方都重读、重写了。写书果然和写博客、专栏之类不一样，不能太随性。我花了许多时间，思考了许多事情（也想到了许多人），最后才完成了这本书。

“在 CyberConnect2 成立二十周年之际，社长出本书吧！”

这件事一开始是由在公司负责宣传工作的 YAMANOUCHI 提出来的，当时我说：“不行不行，你在说什么啊？这也太夸张了，要是被老鹈知道，肯定会说：‘蠢货，你还早了十年！’回顾前半生实在太短，我在业界也属于年轻一辈，还没获得什么能和人们共享的成就呢。”

“社长可能确实这么想，但我不这么认为。在这二十年里，在这个竞争激烈的娱乐业界，我们公司至少留下了一些东西。社长你自己追求和坚持的东西是什么？现在正应该和人们共享，如果你说‘不是现在’，那应该是什么时候？三十周年？四十周年？现在不能说的理由是什么呢？有些信息必须‘现在’去传达啊。你自己的所见所闻、工作的这二十年所形成的理念，就是可以向尽可能多的人们传达的东西。”

我有点感动。YAMANOUCHI 这位宣传负责人是我招募并培养起来的，看来他非常理解我的行动方式。

之后不久，星海社对这个提议表示非常感兴趣，正式和我谈出书的事情。经过数次的细节讨论之后，我就开始动笔了。

“既然决定写，就要认真花时间来写，确认信息正确无误后再写，并把这本书好好完成。”这么想之后，才有了刚才“修改好几次”的经历。如同本书前言中所说，这不是一本商务知识书，也不是游戏业的入门书，更不是娱乐业的说明书。

以一个主题作为基础，我按照顺序介绍了 CyberConnect2 的二十年，松山洋的二十年。

**“习惯不普通的事情。”**

**“把不普通的事情变成普通的事情。”**

直白点说，**“特别的就是普通的”**。

回顾过去，我重新认识到“啊，这二十年真的一点都不普通”，但同时也认为这样工作的人绝对不止我一个。

或许各位读者也觉得自己“不普通”，没错，“普通的人”是不存在的，每个人都是特别的、特殊的，而且对于某个人来说，你一定是必不可少的，或许被谁特别地爱着，或是特别地恨着。特别是在我们游戏行业，如果只是保持“普通”状态，是无法创造出“特别”的东西的。每个人都是特别的，都在做着特别的事。大家都是不一般的人。

CyberConnect2 只是这个行业里的一家公司，松山洋也只是这群人中的一个。

我仔细地把这些“既特别又普通的事情”回想起来，然后写下来。感谢与本书出版相关的所有人，星海社的太田先生、金井先生，能有这样的机会，真的太感谢你们了。

感谢一直以来与 CyberConnect2 合作，支持我们的业界相关人士。我想今后我们也一定会互相麻烦，互相帮助。

感谢一直支持 CyberConnect2 的人们，我们是创作者，我们会以“作品”的形式，回应大家的支持。

今后我们也会以“和谁都不一样，和其他作品都不一样，以这样的方式继续在这个行业独一无二地存在下去”的想法，以“创造出更新、更有趣、更能让人快乐的作品”为宗旨，以 CyberConnect2 的风格，或是不像 CyberConnect2 的风格继续制作游戏。然后，在最后，感谢我那些并不万能，但极其优秀、我最喜欢的 CyberConnect2 的员工。在本书的最后，请允许我为战斗在行业里的所有创作者献上一句话：

**“‘创作着的人’是最帅、最棒的！”**

《斗阵小子》《喧哗稼业》

《天上天下》

《拳王创世纪》

《银翼超人》

《斩鬼者觉悟》

《密凶战线 Sangers》

《机械战士 Gilfer》

《EATER》

《成为蛮勇》

《特务最前线》

《狩罪魔》

《蛮勇引力》

《度胸星》

《勇者王 GAOGAIGAR》

《超能奇兵》

《数码宝贝大冒险：我们的战争游戏》

《机动战士高达 0080：口袋里的战争》

《机动武斗传 G 高达》

《真盖塔机器人 世界最后之日》

《名侦探福尔摩斯》

## 特摄

《假面骑士 Kabuto》

《冲击轰雷岩》

《加美拉》（平成三部曲）

《未来忍者：庆云机忍外传》

## 电影

### 欧美电影

《黑客帝国》三部曲

《回到未来》三部曲

《低俗小说》

《四个房间》

《通缉令》

《挑战者》

# 推荐

## 推荐的作品

这是我个人认为『这些绝对要看！不看、不玩这些作品的话就太浪费人生了，到死之前绝对要看！』的作品，每个领域都列出来了。请务必在活着的时候欣赏！

### 漫画

《火影忍者》

《潮与虎》

《王者天下》

《AKIRA》

《JOJO 的奇妙冒险》

《巴欧来访者》

《魔少年 B.T.》

《魔偶马戏团》

《杀手阿一》

《The World Is Mine》

### 动画

《王立宇宙军：欧尼亚米斯之翼》

《飞跃巅峰》

《FLCL》

《天元突破 红莲螺岩》

《忍空》

《假面骑士电王》

《假面骑士 Decade》

《假面骑士 OOO》

《高速战队涡轮连者》

《未来战队时间连者》

《兽拳战队激气连者》

《侍战队真剑者》

《烈车战队特急者》

《奥特赛文》

《梦比优斯・奥特曼》

**韩国电影**

《杀人回忆》

《追击者》

《看见恶魔》

《老男孩》

《孤胆特工》

《绝密跟踪》

**成龙电影**

《少林木人巷》

《醉拳》

《笑拳怪招》

《奇谋妙计五福星》

# 电视剧

《继续》

《池袋西口公园》

《SPEC～警视厅公安部公安第五课 未详事件特别对策系事件簿～》

《Legal High》

《古畑任三郎》

《人间失格》

《未成年》

《只有你看不到》

《诱拐者》

《宇宙骑警(POLICENAUTS)》

《合金装备索利德》

《合金装备：幽灵通天塔》

《街～命运的交差点～》

《3年B组金八先生　屹立在传说的讲台前！》

《428～被封锁的涩谷～》

《旺达与巨像》

《暴雨》

《风之旅人》

《狼族盟约》

《迷雾》

《铁鹰战士》

## 日本电影

《周末布鲁斯》

《遇人不熟》

《放学后》

《盗钥匙的方法》

《现在，很想见你》

《夏日时光机》

《第八日的蝉》

《千年决斗》

《警察故事》

《十二生肖》

## 中国香港电影

《刀》

## 印度尼西亚电影

《突袭》

## 英国电影

《贫民窟的百万富翁》

# 游戏

《马力欧兄弟》

《忍者龙剑传》

《MOTHER》

《勇者斗恶龙 5》

《最终幻想 6》

《最终幻想 7》

《ZERO ONE》

《闪电风暴（RAY STORM）》

《风之克罗诺亚》

《高机动幻想》

图书在版编目（C I P）数据

禁止绝望 /（日）松山洋著 ；陈恬译. -- 海口 ：
南海出版公司，2022.4
ISBN 978-7-5735-0095-3

Ⅰ. ①禁… Ⅱ. ①松… ②陈… Ⅲ. ①随笔-作品集
-日本-现代 Ⅳ. ①I313.65

中国版本图书馆CIP数据核字(2022)第005930号

著作权合同登记号　图字：30-2021-121


**禁止绝望**
〔日〕松山洋 著
陈恬 译

出　　版　南海出版公司　(0898)66568511
　　　　　海口市海秀中路51号星华大厦五楼　邮编 570206
发　　行　新经典发行有限公司
　　　　　电话(010)68423599　邮箱 editor@readinglife.com
经　　销　新华书店

责任编辑　翟明明
特邀编辑　贺　静　梁　熙
装帧设计　李照祥
内文制作　田晓波

印　　刷　北京盛通印刷股份有限公司
开　　本　850毫米×1168毫米　1/32
印　　张　6.5
字　　数　85千
版　　次　2022年4月第1版
印　　次　2022年4月第1次印刷
书　　号　ISBN 978-7-5735-0095-3
定　　价　39.00元